花开总有时

早产儿小慢妈妈的真情笔记

小慢妈妈 / 著

中国妇女出版社

图书在版编目（CIP）数据

花开总有时：早产儿小慢妈妈的真情笔记 / 小慢妈妈著. --北京：中国妇女出版社，2019.5
ISBN 978-7-5127-1718-3

Ⅰ.①花… Ⅱ.①小… Ⅲ.①日记-作品集-中国-当代②特殊教育 Ⅳ.①I267.5②G76

中国版本图书馆CIP数据核字（2019）第048536号

花开总有时——早产儿小慢妈妈的真情笔记

作　　者：小慢妈妈 著
责任编辑：应　莹　张　默
责任印制：王卫东
出版发行：中国妇女出版社
地　　址：北京市东城区史家胡同甲24号　　邮政编码：100010
电　　话：(010) 65133160（发行部）　　65133161(邮购)
网　　址：www.womenbooks.cn
法律顾问：北京市道可特律师事务所
经　　销：各地新华书店
印　　刷：北京通州皇家印刷厂
开　　本：165×235　1/16
印　　张：15
字　　数：180千字
版　　次：2019年5月第1版
印　　次：2019年5月第1次
书　　号：ISBN 978-7-5127-1718-3
定　　价：49.80元

每一位勇敢的小天使，之所以能够毅然决然飞离天堂，都是因为它选中了一个人，喜欢她、追随她并且信任她。

那个被幸运选中的人就叫妈妈，从此她有了一个人世间最伟大的称号，并将为了这份荣誉而奋斗不息！

致年轻的母亲

小慢的妈妈本是一位平凡的母亲，读过这本书之后，我却觉得她是一位不平凡的母亲。她的女儿小慢是一个早产儿，出生时严重脑损伤，一岁半才会说话，三岁才会坐着。不难想象对一个年轻的母亲，这是多么沉重的打击，面对病弱的孩子，她又是多么无助。但是，小慢的妈妈积极帮助孩子康复，还鼓励孩子努力学习。十二年后，小慢已经长成一个漂亮的女孩子，她品格优秀、乐观开朗、幽默风趣，是老师的好学生，是同学们的好伙伴，更是妈妈的好女儿和好朋友，她还获得全国优秀少先队员的称号。

在这本书里，小慢妈妈记下了自己十二年间的心路历程。在病弱的孩子和困难面前，她曾有过沮丧、甚至忧郁的情绪，但她还是选择了和小慢一起成长——在孩子康复和学习的过程中，她也不断地认识自己，认识生命的意义。人的一生有欢乐幸福，也会有痛苦坎坷，重要的是在漫漫迷雾中找到心灵的灯塔。

读小慢妈妈的书，我想起自己的母亲。我患病那年她才28岁，至今我还记得她带我去看病时的忐忑不安。那一天母亲和我坐在医院的长椅上候诊，我把头靠在她的胸前，能感到她的身体在微微发抖。后来医生说我将永远瘫痪的时候，母亲却坚强起来，她总是重复一句话："别怕，我一定给你找最好的医生！"她背着我一次次乘上绿色的火车，从北向南，又从南向北，母亲是那么执着。后来，我常想，当年28岁的母亲面对突然瘫痪的我，她的心里该是多么痛苦啊！但在我的记忆中，母亲从没有放弃努力，她为我找医生，她鼓励我学习，让我树立理想，做一个对社会有用的人。

今天，年轻的妈妈怎样做一个好母亲，是一个大课题。在顺境中，很多年轻的妈妈也许很少去想这样的问题。但是，面对生病或残疾的孩子，怎样做一个好母亲就是一个重要的问题。有的人面对困难会软弱、焦虑、无助、失望，甚至放弃努力。这些年，我到基层调研工作，看望残疾孩子，看到有的妈妈因为孩子残疾，承受不了痛苦和压力，选择离婚。看着失去母爱的孩子，谁都会流下眼泪。

在孩子最痛苦无助的时候，母亲要用忘我的爱给予孩子温暖和关怀，要付出极大的耐心，帮助孩子战胜困难，创造新的生活，就像小慢的妈妈一样，要在困难中前行，而不是流泪、逃避，甚至放弃。陪伴孩子成长是一条漫长的道路，母亲的坚强会给予孩子力量，母亲的愿望会让孩子的理想闪光。我想说，小慢的妈妈就是年轻母亲的好榜样。她用自己的爱与责任，为孩子谱写了生命颂歌，让我们看到在母爱的陪伴下健康成长、内心充满力量的小慢。

对于年轻的母亲，什么是幸福呢？我想或许就是和孩子一起成长，体验生命的过程，发现生活的意义。要是和残疾孩子一起克服困难，把一切不可能变为可能，这也是一种幸福。所以，小慢的妈妈是幸福的！

在这本书中，有小慢妈妈为孩子付出的爱和努力，有小慢的康复和成长的消息，还有一个家庭所传递的正向的力量。一本好书就像一盏明灯，照亮在黑暗中前行的路，我相信年轻的妈妈都会喜欢这本书。我也相信，那些还在困境中叹息或流泪的妈妈，一定会在这本书里找到勇气和力量。

在此，祝愿亲爱的小慢快乐成长，祝福小慢的妈妈永远快乐，还有所有的小慢和小慢的妈妈！

海迪

2019 年 4 月 1 日

张海迪：中国残联主席、北京冬奥组委执行主席、中国残奥委会主席。

目　录

第二章　抑郁是口井

第三章　埋头苦干　不问结局

第四章　十年很短　一天很长

第五章　生命的姿态

第六章　人来人往

序一：
母爱的伟大

你可以想象得出，一位母亲，面对一个刚刚来到这个世界的小生命，却被医生无情地诊断为“双下肢痉挛型脑瘫”，自己的孩子从此“下不了地，出不了门”，那种撕肝裂胆的痛，那种恐惧、焦虑与无奈的心疼！

你可以想象得出，一位母亲，看到自己的女儿一天天好起来，走出家门，走进了学堂，胸前佩戴上“北京市红领巾奖章”，获得“全国优秀少先队员”称号，那种流泪不止的喜悦，那种苦尽甜来的幸福！

可是，你却很难想象，这个被折断翅膀的丑小鸭，能够蜕变成为展翅飞翔的白天鹅，是经历了怎样艰辛的历程，经历多少让人刻骨铭心历练的日日夜夜！

孩子健康成长的背影，照射出的是伟大母爱的光辉！

作者就是这样伟大的母亲。正是她，用自己的坚强、乐观、永不放弃的爱，改变了孩子的命运！读了她的书《转角有阳光》，我被她身上绽放出的母爱的伟大深深感动了！

母亲的伟大，并不仅仅是把一个生命带到这个世界上，而是能陪伴这个小生命一天天长大。无论这个小生命是健康还是残疾，是聪慧还是愚笨，是美丽还是丑陋，母亲都不离不弃，始终用爱的目光注视孩子，对生活说：“太好了！”用爱的微笑面对孩子，让孩子说出：“我能行！”用爱的语言激励孩子，对孩子付出的小小努力说：“你真棒！”

母亲的伟大，不仅仅是教育孩子要勇敢、坚强、不怕困难，而是自己做出好样子给孩子看。父母送给孩子最好的礼物，是自己保持“太好了”的乐观心态，正常地去面对孩子成长中的问题，过山就越山，过海就越海，赢得起，输得起，拿得起，放得下。

母亲的伟大，不是把财富留给孩子，而是把孩子培养成财富。面对一个脑瘫的孩子，不是只想为孩子遮风挡雨，让孩子少受磨难；而是让孩子去做暴风雨中的海燕，经历失败与痛苦，“撞”出面对人生的勇气和本事。孩子冲刺百米，智慧的父母关注的不是跑第几名，而是摔倒时，怎样跌得有尊严，膝盖被磕出血来，怎样清理伤口，怎样包扎；孩子参加演出，智慧的父母关注的不是孩子获得几次掌声，而是孩子是不是尽力了，被淘汰后是不是还开心。这样平凡的行动，才能培养出伟大的人！

在这本书中，我看到了一位伟大母亲最好的践行。让我们了解到，一个坚强的母亲应如何造就出一个乐观的孩子。

作者在书中敞开心扉、娓娓道来，很多思想和方法都值得大家借鉴，很多观点也与我一直倡导的“肯定的力量、爱的力量、目标与梦想的力量、理解的力量和乐观的力量”等家庭教育理念殊途同归。我想，小慢母女俩的事迹，不仅可以为那些刚刚开始照顾孩子的特殊家庭的父母指点迷津，也为千千万万的母亲提供了最好的精神食粮。

元代诗人王冕的《墨梅》中有句诗：“不要人夸颜色好，只留清气满乾坤。”父母的伟大，实质上就是放平心态，永远用乐观积极的心态去面对人生，包容孩子的成功与失败，不急不躁，静等花开。

相信这本书，能够点燃天下父母生命的火炬，把自己燃烧得更加光明，然后交给我们的下一代。

卢　勤

2019 年 3 月

卢勤：中国少年儿童新闻出版总社首席教育专家、原总编辑，著名的“知心姐姐”，中国教育学会家庭教育专业委员会副理事长。

序二：给困境中的家庭一丝亮光

每年的 4 月对我们来说都是意义非凡的，因为五年前的 4 月，我的女儿小 D 提前了整整三个月来到了这个世界。当时，好多医生和护士都和我说，因为春天太美了，你的女儿想提前看一看。

今年的 4 月，我收到了小慢妈妈的这部书稿，花了整整两个周末晚上的时间读完了，心情久久不能平复。

小慢是个有脑损伤的早产宝宝，一岁半才会说话，两岁才会翻身，三岁才能坐稳，四岁才可站立，六岁才试着练习走路，七岁半开始随班就读。小慢妈妈把自己这十几年的育儿经历记录了下来。那些其他健康孩子自然而然就会的技能，对这群早来的“小战士们”来说，却要几千次甚至几万次的练习才能完成。

我的女儿曾经也是“脑瘫高危儿”，从一个月不到，我们也开始了这样一条密集的康复之路。我读着这本书，又哭又笑，这样的故事和心路历程，经历过的都懂。

也正是经历过，我明白，愿意记录和分享这段经历是不容易的。直到现在，我回忆起当时的种种，内心仍然会很痛很揪心，还会经常泪流满面。

孩子未来的不可知，家庭当时每一天的煎熬和抑郁，闯过“活下来”这一关后希望孩子可以“活得有质量”，以及日复一日似乎看不到进步的康复和对未来不确定的恐惧。

但也正是自己经历过，我太明白了，这样的分享对于正在经历中的早产儿家庭来说，是多么的宝贵和有力量。

特殊儿童的康复之路不好走，之所以不好走，不仅仅在于孩子能够康复的程度，更在于这是整个家庭的心理康复过程。康复之路就好比在黑暗中爬行，那种“我不确定前面是否有光亮，我不确定自己走的路是否正确”的纠结，才是最磨人的。

我记得当时小 D 被称为“奇迹”时，她当年的重症监护室主任医师却说，小 D 的康复情况不是奇迹，而是意志力的体现。这份意志力不仅仅来自于这个孩子自己，更加来自于我们这个家庭。

是的，我经历过，我太明白那种困在“黑暗孤岛”的感觉了。当时，哪怕只要有一个人和我说，“我儿子也是 28 周早产，你看他现在已经上初中了”，我就会感到一丝希望。而康复道路，就是这样攒着希望，一点一点坚持走下去的过程。

所以拿到小慢妈妈的这本书，我是非常非常激动和感恩的。我感谢她愿意分享自己和女儿十余年的特殊经历。在她娓娓道来的诉说中，没有鸡汤，也没有鸡血，但恰恰这份真实最打动人。我在她们的经历中读到了力量、勇气和希望，我相信你们也会。

我记得当时我女儿第一次会抬头时，我哭着拥抱着她的康复师说：“我要怎样感谢你？”康复师说：“你不用感谢我，等到以后，你遇到了其他需要帮助的特殊儿童家庭，请记得把你们的故事告诉他们。医生可以救命，但你们过来人的经历可以救心。”

于是，我在2018年底创立了“掌欣早产儿家庭公益项目”，旨在为困境中的早产儿父母提供社会心理支持，推动早产儿家庭共同成长，最终提升早产儿的生存质量。

和小慢妈妈一样，我想力所能及地用自己的力量去帮助更多还困在“黑暗孤岛”中的早产儿家庭，我希望我们的经历可以给到困境中的家庭一丝亮光。

小慢妈妈很喜欢这段话，“每个勇敢的小天使，之所以能够毅然飞离天堂，都是因为它选中了一个人，那个人叫妈妈”。而我还想补上一句，“每个折翼的小天使之所以选中我们，是因为他们相信，我们更有能力照顾好他们”。

曾经的肝肠寸断，我们终有一天都能谈笑风生地说起。那些打不倒我们的，必将成就我们。

祝福所有早来的天使们，我们一起加油！

大J

2019年4月

大J：掌欣早产公益项目发起人，成长型家庭教育引领者，育儿畅销书作家，微信公众号“大J小D”创始人。

自　序

多年来，我一直坚持记录。初始，是为了给自己鼓劲，亦作为情绪疏导的一个出口。后来，成为与小病友家长和朋友们沟通、交流的渠道。再后来，小慢不断回馈我惊喜，每每情不自禁地心发感慨，随手记录。

十年很短，一天很长。

转眼间，那个被预判为可能“下不了地、出不来门”的“小包袱”，成长为一个有思想、有个性的“小逗伴儿”，我也由最初的脆弱、抑郁，蜕变得坚强、乐观。

暑期小慢到博爱医院住院做康复，整个病区，从医生、护士、护工到病友家长们，无一不对坚强、懂事、乐观、幽默的小慢赞不绝口。此番入院，是因小慢的康复再次陷入瓶颈，青春期发育过快，导致肌张力高和力线异常问题加重。几科会诊专家严肃、审慎地探讨方案的场景，以及病区汇集的来自全国各地的孩子和家长们，令我不禁回想起十年前初始踏上这条路的种种。

同屋的一位阿姨，拉着我们问长问短：“你们也是在不大点儿时就开始做康复了吗？在哪儿做的啊？做过手术吗？用过什么药没……”“哎，可惜了，多漂亮的姑娘啊！”她一边唏嘘着，一边忧心着小孙女的前景。待孩子妈妈下班赶来时，她竟坐在一旁抹起泪来。

其实，脑损伤孩子的症状千差万别，小慢小时候的基础非常差，目前的康复成效已属理想。这里的很多孩子症状很轻，加之如今的医疗资源已然提升很多，康复前景会非常乐观。我竭尽所能，把十年来的经验悉数分享，试图给更多家长安慰和鼓励。但那一双双渴望、担忧、焦虑、痛苦的眼睛，还是让我非常触动。每天路过的自闭症儿童病区，家长们的眼神所蕴含的内容，又有新的不同。

得知我十余年来一直记录，一位妈妈便劝我梳理出来分享给大家。她说：“现在患上各种疾患的孩子越来越多了，你是从最初、最痛苦的时期一路走来的，要知道还有多少人刚刚踏上这条路，或者正身陷其中。你的一些想法，或许可以给大家一些启发，助大家走出当下的困境。起码，读过的人能由此明白，人生有无数的可能性，我们的宝贝，值得拥有可被期待的人生。”

这句话深深触动了我，是啊！“可被期待的人生”！十年前，我可曾有所期待？又可曾敢去期待？

但我仍纠结，自知我们的经历太过平凡，我和小慢亦未取得什么值得称道的成就。朋友们说，正因平凡，传递出来的力量才是巨大的。不是非得等小慢成为哈佛女孩、北大女孩或什么节目的入围选手时，她的成长才励志，我们的故事才有启迪意义。相反，越是罕见的成功，越无法传递出更接地气的价值，我们普通人越无法企及和参照。“你看，你们是多么真实的存在啊！你没有被困难吓倒，小慢也在一天天变好。”

多年走过，我深深知道，只有身为父母的我们，能在当下生发出强大的力量，孩子的未来才有希望。如果，借由整理能让自己时时警醒、不断调整，以确保不忘初心、始终保持心灵的宁静，积聚重新上路的勇气，不是很好吗？小慢也可以通过这些文字，了解自己成长的点点滴滴，从而好好珍惜自己这本生命之书。倘若能给同行者带来一点点启发，给邂逅它的人传递一点点价值，岂不更是欣慰！

于是，我决定开始。

回忆并不轻松，意外降临时的无助、抑郁侵袭时的黑暗、日复一日的埋头苦干、前景未知的迷茫困惑，原本随着境由心转，都已自动屏蔽、刻意忘记。我们走了很长的路，经历过很多考验，付出过很多心血，有过很多迫不得已的舍弃和无法回头的遗憾。康复是一个太过庞大、系统和复杂的工程，涉及医疗康复、教育康复、职业康复、社会康复，单医疗康复就涵盖药物治疗、手术治疗、家庭治疗、物理治疗等多个方面。一路走来，康复方式是保守还是激进？身体康复与综合发展孰轻孰重？没人告诉我们标准答案。我不知道陪小慢走的那些路是不是最正确的，如果在每个十字路口选择的是另一条路，现在的她会不会变得更好？包括当下我把重心分配偏重于她的学业和社会融合性发展方面，而不是全部用于身体康复，到底是不是正确的选择？我真的不知道。

我们如此普通，与千千万万深陷困境的人一样，曾恐惧、会脆弱，有过遗憾、想过放弃，缺失与收获俱有，痛苦与欢乐并存。我们依然在路上，明天也依旧是一个未知数。小慢刚出生时，我因恐惧而想要放弃；小慢两个多月时，视网膜和发育检查结果乐观，我为侥幸过关而暗自庆幸；小慢七个多月时，被确诊为双下肢痉挛型脑瘫，我绝望得陷入抑郁；小慢确诊至适龄入学期间，带着她辗转于儿童医院、北大妇儿医院、晨光脑瘫儿童康复中心、博爱医院等机构，寻诊中医、手术，我俯首于四处求诊和家庭康复，争分夺秒地与时间赛跑；小慢入学时，我焦虑和担忧她能否适应、会不会出现心理问题；到了高年级，又面临康复和学习不可兼顾，身体健康和综合发展难以两全的难题。每一个阶段，都有新的问题出现，又会有新的探索和领悟。

无论康复、学业、心理等方面曾有多少焦虑和担忧，都未能阻挡神奇的生命力量。小慢 1 岁半才会说话、2 岁才会翻身、3 岁才能坐稳、4 岁才可站立、6 岁才试着练习走路，别的孩子自然而然实现的每一步，于她，都是汗水和坚韧的成就；七岁半开始随班就读，她的手不够灵活、写字比别人慢，双腿没有力量、不能正常行走，但她懂事、刻苦，上学风雨无阻，不仅成绩优异，而且性格开朗。她就这样顽强地成长起来，远远超出预期，回馈给我的惊喜与感动更是数不胜数，那些都是命运回馈的恩宠时刻。所以，是困境还是希望，是遗憾还是收获，完全取决于我们看待这些事情的角度。既然无从逃避，便要逆流而上、蹚出一条路来才是。

中国每年有弃婴 10 万名；目前已有脑瘫儿童 600 余万，患自闭症和其他各种疾患的孩子数千万。晨光张院长说，她每年走访 20 多个孤儿院，大多是脑瘫孩子，很多孩子的治疗其实非常有希望，光晨光去年就走出了 26 个孩子，开启了新的人生。而一个孤儿院的小阿光，即将会走了也仍没人领养。她希望家长们不要轻易放弃孩子，要为孩子们创造希望。

一路走来，有的人选择放弃，有的人一直坚守，有的人深陷迷局无法面对，有的人披荆斩棘坦然接受。陷入困境的人何尝不似一只井底之蛙，有限的思维和经历构筑了头顶这方天空。当我们探出头来，别人的故事就像点点繁星，无数的点串成线、连成网，整个世界便会豁然开朗。

我们能走到今天，正是从一路邂逅的每个机构、每件事、每个人、每本书中，得到各种启迪和领悟，才打开了心灵更多扇窗，学会了换一种角度看待人生。我希望，我们也能成为那些故事之一，可以带给有需要的同行者们些许力量。

如果，苦难不能让我们有所改变、有所收获，那它就失去了意义。也许，当下的我们面临的困境完全不同，但一生漫长，我们都不知道前方还会有什么在等待、接下来都有很长的路要走，我希望读过此书的家长们能够将它们当作主动选择的伙伴，愉快地踏上征途。自此，让疾病不再是负担，人生不再是比赛，未知不再是恐惧，无论遭遇什么，相信转个弯或者抬高腿，都能过去。总有一天，回望时会发现它们只不过是一些经历，都是我们的财富。

那些打不倒我们的，必将把我们成就。

第一章
不可预设的人生

年轻时的我们，有着太多美好的憧憬和畅想。

那时，喜欢择有风的春日，和大慢背靠背地坐在草地上，读《小王子》。“你有一头金发，如果你驯养我，那该有多么美好啊！金黄色的麦子会让我想起你，我也会喜欢听风在麦穗间吹拂的声音。”我常常沉浸在轻轻浅浅的文字世界里自我陶醉，大慢照例被太阳晒得昏昏欲睡，然后被我发现，一把揪起、笑闹追逐。

风徐徐吹过，撩起我们年轻的衣角，还有年轻的梦想。

岁月静好，我们想，人生不过如此吧?

多年以后，《小王子》被翻拍成了电影。我方才发现，原来它不止有浪漫爱情的寓意，还有对“生、老、病、死、怨憎会、爱别离、求不得”之人生至苦的演绎。

年少的我们不曾预设这些，忽略了岁月无情变迁的可能，便显然不是命运无常的对手。

人生无常——意外早产

曾经，我一直信奉的人生信条是，一分耕耘一分收获。所以，我从小到大都属于家长口中那种“别人家的孩子”。

聪明、勤奋、有自制力，不到 17 岁便考入财经类的首府院校，年年获得奖学金，毕业顺利取得留京指标，谋到一份最适合女孩子的稳定工作。可以说，从小到大基本没让父母操过心。

同许多“好学生”一样，我也是那种中规中矩的思维模式，习惯于把学习、考试那套“凡事计划、按部就班”的思想应用到生活的大事小情中。在学习的领域过于顺利，却社会经验不足，视野不够开阔，对生活的复杂性和真实性完全没有认知。

我的思维非常简单、局限，认为只要肯努力，就没有什么不可达成的目标，没有什么不能解决的问题。秉承“世上无难事，只要肯登攀”的观念，以为人生会就此一路红歌地走下去，即便有小石头、小坑洼磕磕绊绊，也依旧可以爬起来继续高歌前行。

22 岁生日的时候，我的人生计划与大多数同龄人一样，无非是工作、车子、房子。尤清晰记得，与大慢憧憬的未来是这个样子：将这份感情进行到底，过了本命年就结婚；争取考进那个气势恢宏的“大部门”，每天在有着大大玻璃窗、充满阳光的办公室里工作；如果考不上，就努力拿下注册会计师，到外企工作；先攒钱买一台电脑，接着添齐热水器、洗衣机和空调；再攒攒钱，买一辆代步的小车子；可能的话，努力攒首付，贷款买一间小房子；争取每年带父母出去旅游一次；等等。

那时，我们的人生计划里，孩子，还远远未提上日程。像对待高考一样，每一步我都严格按这份计划书去执行。

一切也貌似非常顺利。两年后，如愿进入母校的热门专业攻读在职研究生；三年后，如愿考入了那个“大部门”；四年后，买下了一辆小车子，在房价疯涨之前经由父母赞助，贷款买了个小期房。

如果没有意外，这应该算是一份比较典型的、别人家孩子的人生范本吧？一个个小小的“标签”贴上去，是个绝对合格的出厂产品：品学兼优、名牌大学、工作体面、独立自主、婚姻稳定、美满幸福……

年轻时的我们，总认为自己是世界的主宰，可以调动全宇宙的力量，顺着一条笔直的阳光大道，一马平川地走下去。骄傲如我，更是以为人生轨迹只会呈现付出与收获呈正比、不断上扬的曲线，不曾预设它可能会变成不规则的抛物线，开口向下，一不留神就跌入秘不可测的深渊。

犹清晰记得，拿到检查结果时，我的第一反应是问医生：“可以不要吗？我还没准备好。”原本慈眉善目的老医生一个眼神丢过来，语气里带着不容置疑的威严：“准备什么？年纪轻轻怎么想的？头产、头胎怎么能不要？很多人流产以后就很难怀上孩子了！”

大慢倒是非常欣喜，与他同龄的同事们陆续有了孩子，他开始期待加入这个行列。

事实证明，“设定”之外的“意外”，往往不会是惊喜。

原本排好序的链条里，现在勉强塞进了一个孩子，突然间全乱套了。每月精打细算地还贷款、周末密密匝匝的课程和考试、“新人”满负荷的工作、每天往返四十多公里拥堵奔波的路程，心态上承载的被动加之身体上承受的负荷，小慢 33 周时便迫不及待地早早降临到这个世界。

如果说，怀孕是个意外，早产便是我不曾预设的那个无常。

面对无常，我这个一直循规蹈矩的“好学生”毫无准备、猝不及防。低体重、早产儿、颅内出血、重症监护……一个又一个陌生、可怕的词汇，硬生生把我拽出原本生活的轨道，26 岁的天空被撞得七零八落。

人生的考卷远比校园里来得刁钻、严酷，谁会那么幸运地拥有一个完全按预设路线行走的完美人生呢？

《金刚经》言“一切有为法，如梦幻泡影，如露亦如电，应作如是观”。

很多年后，内在日趋成熟的我渐渐懂得，饶是岁月无情，终归有始有终。命运是公平的，那些你自认为重要的、付出心血的事情，便会有所收获；你所忽略的，日后必然要用更多的岁月去补偿，甚至，付出代价。

那年、那天，生命中刻骨铭心的一刻就此定格：大慢在重症监护室外面守候，我在走廊的加床上等待。凌晨的急诊室竟那般静谧，巨大的空虚感慢慢袭来，感觉自己是一叶孤舟，就这样开始了命运的颠沛流离。

而一切，不过才刚刚开始。

可以放弃吗——生命的选择

凡夫被自身遭遇所困，自觉其苦，信心就会退转。

经过计划的事物不一定完全可靠，会发生意料之外的情况。所以佛说，面对无常，当“面对它、接受它、处理它、放下它”。

当时年轻，远不能达此境界，无法处理好与自我的关系，更无法处理好与外部世界的关系，必然陷入“我执”。

夜间，终于辗转住进病房的我，也得知了大慢带回来的坏消息：“医生说让咱们做好心理准备，生产时出现了颅内出血，正在保守治疗，但是不好预后，出血点可能会损伤运动神经，要我们决定是否继续救治。”

这是什么意思？

有一瞬间，我不知作何反应。对文字向来敏感的我，感觉突然间失了智，像初学的幼儿一样，需要一个字一个字地去理解。

清醒过来后，头脑中一直盘旋的念头都是：医生当时不是说挺好的吗？不是还让我们又摁脚印又选样品地折腾了半天吗？除了早产、体重低、需要在暖箱里缓一缓，过两天不就可以带着她一起出院了吗？

如很多初为人母的妈妈，我也是在后来的抚育岁月里，才渐渐胜任母亲这一角色，并逐渐焕发出浓烈母爱的。当时的我，对小慢还没有特别的感觉。急诊时没戴眼镜，眼前一片朦胧，只模模糊糊瞥见了小小的一团，听到了几声微弱的哭声。

一到晚上，负面情绪就像潮水袭来，白天的那股空虚感渐渐弥漫开来，迅速演变成无穷无尽的恐惧：损伤运动神经？那将意味着什么？生命还没开始就要残缺？我怎能让她拥有这样的一生？

尽管日后的岁月里，我像老母鸡一样，天天奓着翅膀拼命守护小慢，以至于她哭一声，我就心碎一地，她受一点委屈，我就恨不能仗剑天下，竭尽所能、全情忘我地投入到她的康复和成长中。我曾无数次深夜祈祷，愿用我的健康甚至生命换回她的双腿，但我永远无法回避那个事实——当时的我，问大慢："那，可以放弃吗？"

是的，我说出了那样一句话，那是内心对即将失控人生的本能抗拒。

以"好学生"一贯的思维和认知，我的人生字典里就没有"失控"二字，这不是我的人生设定，更不能是她的！

彼时，我预测不到 10 年、20 年、30 年后时代车轮滚滚前行的速度，估量不到未来生物医学发展的空间，更想象不到人工智能时代人们可以拥有多么宽泛的选择。我也预设不到一个生命成长的力量，更不知道母爱能变得如此强大，生命的意义可以如此多维且丰满。

我只能看到身边一个个的标配人生，认为这个考验远远超出我的预期和能力，自己没有足够的心智和勇气去承担。

我们可以放弃嘛，对不对？就像经历过的无数场考试，没有把握、不是必考的科目，我们就放弃，换一条路再走。

“好学生”的思维是什么？事事皆完美，要做的事情必须照着一百分去准备。我不允许，她的人生，在一开始就注定不是一份完美的答卷。

当时，大慢没说什么，我也看不清他的表情。

夜半，他躺到我旁边，问：“你怎么可以这么狠心呢？她是我的女儿啊！昨天是我的生日，她追着来跟我同一天生日！”

我才突然想起来，前一天是他 29 岁的生日。他真真切切地看着小小的女儿被抱走，他在重症加强护理病房外面守候了一夜，听到的全是医生描述的最危重的各种预后。

初始的他，一定也曾脆弱得像个彷徨无措的孩子吧？而此刻，在选择面前内心却已然坚定无比。

我一个激灵觉醒：是啊！那是我们的女儿，是一个生命，不是一张考卷！即便是考卷，她也是必考的那一科。

回过神来的我和大慢抱头痛哭。他是因为心疼，我却是因为自责。

冬天原来这么冷——病房初见

出院的时候，我们没能把小慢一起带回家。

不过是短短几天前，自己还满脑子各种的紧急任务，甚至挺着大肚子从档案室抱回一堆档案，准备做三年数据的比对分析呢！而一切，突然间就转换了频道。

那段时间，我一个人待在家里，每天数着闹钟的滴滴答答声，曾经拧紧发条的世界就这样突然静止下来。耳畔流淌过的歌，窗前开过的花，岁月的风就这样把全部都带走了吧？未来在眼前，是苍茫茫的一片空白，失去了方向。

那时还没有智能手机，更没有微信，医院的事情都是大慢在工作之余去对接。他也见不到小慢，每次去了只能是听医生说一说当天的情况。

情况很不好，但也在一点点变好。

呼吸窘迫综合征、低血糖、混合性酸中毒、病理性黄疸、新生儿肺炎，等等，病魔一次次向这个幼小的生命伸出魔爪，她又一一扛了过来。

而我们，却始终无法陪伴在旁。

3 天后，终于辗转打听到一个熟人，可以让我们悄悄进去探望小慢。

几十个孩子里，我一眼就感知到了她。

护士把我们带过去，说："看，奶奶和妈妈来看你了。"那个小小的人儿像听懂了似的，把亮晶晶的眼睛转向我们。

那是我们第一次对望，之前那个模模糊糊、一小团的影子具象成了一个小小的人儿，有着黑亮的眼睛和尖尖的下巴，我也第一次真真切切地感受到了我们之间的连接。

我看着她心想：这是我的女儿，我是她的妈妈。这个几天前我还说要放弃的小生命，正瞪着黑亮的眼睛看着我。

她没有睡觉，也不像别的孩子那般哭闹，就一个人静静地躺在那儿。

这个在我肚子里整整 33 周的小人儿，曾与我朝夕相伴、心意相通。而现在，她一个人孤零零地待在那儿，插着管子，被小包裹捆得紧紧的，像一片被丢弃在荒野的叶子，那么小、那么轻，显得孤单又无助。

她是怎样忍受住大大小小的针扎和插管，又是怎样熬过那一个又一个漫漫长夜的呢？

离开温暖的子宫，坠入这冰冷的人间，她哭的时候有人抱起吗？痛的时候有人安慰吗？我的心紧紧地揪了起来，再次忍不住默默流泪。

这次，是因为心疼。

探望时间只有 5 分钟，离开医院，奶奶一路抹着眼泪念叨着："多机灵的孩子啊！直瞅着咱们，眼睛又黑又亮的。这么多孩子，护士照顾得过来吗？也不知道在那里能不能吃得饱……"

10 点钟的北京街头冷冷清清，天空没有一颗星星。感觉心被掏走、留在了医院，全副武装包裹的我，竟不自主地抖作一团。

冬天，原来这么冷。

特有的称号——早产儿妈妈

世间只有一个永不改变的法则，那就是：一切都在改变，一切都是无常。

世上唯一的永恒就是无常，因为无常，生命才有了无限可能；也因为无常，人们才会懂得，今生的每一刻都是珍贵并不可替代的。

也许，在小慢降生之前，我身上可以有很多代表性标签：别人家的孩子、学霸、美女、骨干，等等。但有了小慢之后，我的世界就剩下了唯一的标签——早产儿妈妈。

住院的时候，有一个医学院的女孩子，曾找我填了一份《早产儿妈妈调查表》，并给了一份《早产儿护理手册》。

起初我没太在意，以为不过是医院例行的程序。后来得知，这是她们学校与医院合作的一个课题，专门研究早产儿妈妈产后抑郁问题。

早产儿妈妈，原来是一个特定的群体，是将会面对很多特殊问题的一个群体。突发状况的应激反应，早期的母子分离，对孩子病患的焦虑，激素水平的急剧失调，早产儿护理的困难，等等，这些都是有别于一般初为人母、喜悦当先的妈妈们所要遭受的考验。

小慢住院期间，医学院的女孩子又回访过 3 次。每次，除了按问卷内容详细了解我的日常起居和情绪状态，还会贴心地把小慢的一些信息带给我。

再后来，小慢迟迟不能出院，我便忍不住经常给她打电话，拜托她代我去看一看。女孩非常善良、耐心，每次都给我很多安慰。我便通过她带给我的那些数字，比如喂奶量、连续睡眠时间、体重等，来感受和想象小慢的样子。

每天，我就捧着一个小本子守在电话机旁等待，不断记录、反复比对，急迫地盼望小慢长到允许出院的体重。喂奶量从每次 5 毫升、15 毫升、25 毫升到 30 毫升了，体重从起初的 1650 克、1700 克、1850 克到 2000 克了，连续睡眠时间从 10 分钟、30 分钟、一小时到两小时了……

频道切换，那些风花雪月、唐诗宋词，都变成了往日云烟。我开始认认真真学习新妈妈的功课。

那时，家里有一本厚厚的育儿家庭百科。等电话的漫长时间里，我数遍翻阅、细细标注，然后依着想象在小本子上做“方案”。后来，事实证明这些方案全然无效。因为，没有一本书能解决早产儿妈妈需要面对的所有问题，那些突发的、个案的、无解的，掺杂着无端焦虑的大事小情。

30 天的时候，医学院的女孩子告诉我，小慢一切都稳定了，应该很快就能出院了。刚出月子的我兴奋极了，把朋友们送的各种小衣服、小被子一一拆开，清洗、晾晒。

阳春三月，停暖后的房间还残存一丝冷冽。然而，阳台上满目的粉嫩、娇黄、天蓝等色彩，却让我的内心感觉温热。阳光柔和而又温暖地照着它们，那一刻，我竟感受到了久违的幸福。

起初没有中彩——逃过失明劫

又过了半个月，几经辗转，经过家长培训、各种检查和等待后，出生 42 天、体重超过 4 斤、每次可稳定进食 30 毫升奶的小慢，终于被我们接回了家。早产儿妈妈我，比照着育儿书籍，照本宣科地开始了喂养之旅。

对于早产儿而言，出院并非代表痊愈。出院仅仅是生命得以延续，未来的成长过程中还会有各种风险。

尤清晰记得医学院女孩给我的那本《早产儿护理手册》，首页就赫然列举了几大风险：

1. 脑瘫：早产儿脑瘫发生率约为 3%，其中出生体重 <1500 克的早产儿脑瘫发生率是 10% ~ 15%。

2. 智力低下：早产儿智力低下发生率为 7.8%（11.7 万 / 年）。

3. 癫痫：国外的数据显示，体重 <1500 克的早产儿惊厥发生率是 25%。

4. 呼吸问题：易感染与肺部有关的疾病，有些甚至一生都摆脱不了。

5. 其他：极低出生体重、出生体重 <1000 克的早产儿 9% 有视觉障碍、11% 有听觉障碍、55% 有学习困难、20% 需要特殊教育。

虽然那些风险都未记录在出院诊断上，但出院后的小慢身体条件一直不是很好，护理起来倍加困难。最大的问题就是消化能力非常弱，而且有严重的胃食管反流，只能采用少量多次的喂养方法，减轻胃肠道负担、避免呕吐。

记得最初一段时间，除了洗澡、换尿布，我每天满眼、满脑子都是令人头疼的喂养问题。喂奶，是个巨大的工程。每次耗时至少半小时，多则一个半小时，小慢也不过能勉强吃进去二三十毫升。吃着吃着就睡着了的情况算是好的，最怕的是，好不容易喂进去的一点点，又瞬间喷射、全吐出来。

早产儿因早期使用呼吸机，容易造成视网膜脱落。我们按照医嘱，数着日子定期去北大人民医院进行视网膜筛查。

走廊里全都是类似情况的孩子，还有很多是外地赶来的。大家虽处在不同的复诊阶段，但每次检查前的忐忑、散瞳时的心疼和等待结果时的煎熬却是一样的。大家彼此交流、鼓励和安慰，但每次都有被确诊的孩子。这时，痛彻心扉的哭声便会响彻走廊，等待宣判的其他人便心如刀剜一样，跟着感同身受一次。

出院的时候，我们说，活着就好。一次次复诊，我们又会祈祷，眼睛没有问题就行。上天就这样让我们一项项等待裁决，考验我们的意志，摧毁我们的乐观，顺便也一次次让我们自我拷问：生命中，到底有什么是不可以接受的？我们想要的，到底是什么？

两个半月（矫正月龄一个月）的时候，我们带小慢进行常规的发育体检，微量元素、头围、囟门、身长、体重、视觉和反应等各项指标都在达标范围内。

就这样，像学车的新手，虽忐忑、辛苦，但终归通过了压井盖的考试科目，我们悬着的心暂时放了下来。

我们想，那些列举的风险，不过像医院任何术前危言耸听的例行公事一样，只不过是把各种概率极小的风险全部列入，以便出现万一时可以免责吧?

而我们，显然是幸运的、没有中彩的那一个吧!

上天的恩宠——确诊

从心理学的角度来说，否认与合理化，是人类本能的一种防御机制。

面对可能超出自己承载范畴的问题，人们往往不自觉地、尽量搜集一些合乎内心需要的理由进行自我蒙蔽，并不断为之做出合理化的解释，以减免焦虑和痛苦带来的伤害。

《解忧杂货店》中浪矢爷爷说："很多时候，咨询的人心里已经有了答案，来咨询只是想确认自己的决定是对的。所以有些人读过回信后，会再次写信过来，大概就是因为回答的内容和他的想法不一样。"

可见，人们为了合理化自己的内心所想，会多么执着和愚蠢。

对于颅内出血问题，医生在出院报告上写的是"出血点吸收良好，定期复诊、检查"。初始的时候，小慢特别软，动作发育比同龄孩子滞后很多。但我们觉得应该用矫正月龄、错后一个半月去对应评估。再说，孩子出生时本来就弱小，慢一点也是正常的，有苗不愁长，大一些兴许就好了。

后来，对照育儿书籍上的标准表，三翻、六坐、八爬，当这些标志性发育特征，按矫正月龄比对也明显落后时，我渐渐开始担忧起来。大家都认为是我太焦虑了，一会儿琢磨怎么还不会笑，一会儿担心竖头时间太短，孩子哪有照书本养的呢？医生评估都正常嘛！不能操之过急，不要折腾孩子去做那些副作用极大的核磁共振、CT 等检查。

又盲目乐观了一段时间，直至眼看小慢发育明显跟不上，再比照各种可能会发生的后遗症，我怎么也坐不住了。在小慢七个月的时候，带她去医院做了全套的脑部检查。

这次，我们不再幸运。

颅内出血吸收后，继发脑白质软化。“治不好吗？”我本能地问。递给我检查报告的是位中年医生，一脸平静、见惯不惊的样子：“这是神经方面的损伤，不是一般的疾病；当然，具体你得去看门诊。”

他虽没有正面回答，但语气明显带着不容置疑的权威，明明就是宣判。看着我那张瞬间黯淡、焦灼的脸，许是觉察到刚才的那句话过于冰冷，末了，他又回头指着片子补充了一句：“看到没？损伤面积，整个这块都是。这孩子将来的世界有多大，全靠家长的双腿了。”

他不知道，对医学层面的严重程度尚无确切概念、抱有一丝侥幸的我，却对这句文学味儿十足的话理解精准，瞬间有了具象的感受。

一时恍惚，我感觉自己仿佛还是置身在北大人民医院的眼科诊室外，耳畔全是绝望、痛苦的哀号。回过神来，发现一同接受宣判的还有好几个家长，正在痛哭的是被确诊为脑积水的那个孩子的奶奶。

现实的残酷和未来的考验不必靠想象，医院的走道、院子里，满眼看到的全是铺着纸盒、或坐或站等待的、全国各地涌来的家长们。

这就是我们的未来，从此，我们也将加入这列大军，一脚踏进漫漫黑夜，在没有句号的悲剧里成为主角。

在候诊厅，我们听到了很多故事。

有一个妈妈，已坚持康复三年，带着刚刚开口说话的宝贝从云南赶来复诊。她和孩子爸爸都是基督教徒，她说，看到孩子的进步，感觉非常幸福、知足和感恩。她安慰我们："不要害怕，这是上天信得过我们，对我们独有的恩宠。"

一句话，竟引发质疑一片。

旁边一个妈妈说，这怎么是恩宠？孩子脑部病毒感染，很长一段时间甚至都靠营养液维持。"如果这是对我们的恩宠，为什么要以孩子的痛苦为代价？"

一个爸爸说，孩子妈妈得知孩子是自闭症后，年纪轻轻竟突发脑梗，至今不能下地。以前算是"妈宝男"的他，不敢把消息告诉老家的父母，独自笨拙地学习照顾孩子，每天流着泪把饿哭的孩子抱到妈妈怀里喂奶，还要在医院和家之间往返奔波。"我宁可不要这份恩宠，只想回归过去的平静。"

一个姑姑说，孩子妈妈得知宝宝有病后离家出走、杳无音信，尚未出嫁的她辞去工作，跟母亲一起帮哥哥照顾孩子。相恋多年的男友不能理解，决然分手。"如果这是上天的恩宠，为什么让现在的我惧怕婚姻，不再相信爱情？"

还有一个奶奶说，这个小家伙是她的孙子，是他们家的香火。"啥恩宠不恩宠的，听着玄乎。我也就是觉得，只要孩子还有一口气，只要医生说还可以继续治，哪怕落得露宿街头也得凑合着活。"

之前一直默不作声的一个姥姥说，孩子曾高烧不退，一周抽搐三次，确诊为癫痫后，她觉得这样下去的话，孩子生不如死，自己女儿的一辈子也跟着毁了。于是，她把孩子偷偷抱出去抛弃了两次，一次丢在了垃圾桶旁边，一次放到了福利院门口。第一次，她刚想决然地转身离开，突然听到远处的狗叫声，想到万一宝宝被狗咬了该有多疼，便赶紧抱了回来。第二次，她都快走回了家，突然想到，宝宝发作的时候需要紧急拿一样东西塞进嘴里，防止咬伤舌头，她还曾情急之下用过自己的手指，差点被咬断，福利院的人怎么可能这么精心？弄不好，孩子再变成了哑巴，那不更惨？“既然我心疼女儿，就更应该心疼她的儿子，我帮她照顾，分担她的苦和累就是了。让自己想通了，没作孽，这算不算是上天的恩宠呢？”

之后十几年的康复路，我们听到、看到的故事还有很多很多。

要还是不要、坚持还是放弃，一直都是摆在面前的命题。从遇到问题时的本能逃避，到面对未知时永不放弃的勇气，我们都需要比别人付出更多的时间，拥有更多的爱心，坚定更多的信念。

我，真的有这样的能力吗？

多年以后，蜕变得更加有担当、能干、乐观的我逐渐明白，其实，是上天的恩宠还是考验，是福是祸，并不取决于上天的本意，而是取决于我们自己的心。

而当时的我，看不到，也想象不到。

第二章

抑郁是口井

涅尔说："好的运气令人美慕，而战胜厄运则更令人惊叹。"当跌入人生谷底的时候，身边人都习惯于劝诫，要坚强、要快乐，如此才能升腾起力量和希望。可是，坚强是必须的，快乐恐怕太难了吧？毕竟，谁能在跌得头破血流的时候，还会高高兴兴地掸尘爬起呢？能做到平静地接受便已然不错。

多年过后，当我爬出抑郁那口深井，回顾自己的内心历程以及邂逅的人来人往后，才深深明白，你凝视深渊，深渊也会回望你；你松开枷锁，枷锁也会松开你。

一切，都缘于自己的心。

跌落谷底——产后抑郁

心理学大师欧文·亚隆曾说，当一个人能接受选择的有限性，他才能优雅地长大。一个人经历过“结果不如预期”时的否认和愤怒，只有可以淡然面对这一切时，才能看清生活的真相。

在一期电视访谈节目中，秦海璐说，生了宝宝后的她竟然抑郁了，面对宝宝，一向女汉子的她变得不知所措，简直要疯掉。主持人金星说：“怎么也不相信你会抑郁，谁抑郁也不可能轮到你啊！”可是，就是这么真实地发生了。

因产后激素紊乱、生活模式需要重新构建等，很多新妈妈承受能力下降，非常容易把眼下的困局夸大，原本平常的烦恼此时会变得难以忍受。

2017 年震惊一时的妈妈抱着孩子跳楼事件，其实就是典型的、未能有效应对好产后抑郁导致的问题。她留的那封遗书，充满对婆婆和老公的控诉，在旁人看来觉得不过是各个家庭都会遇到的日常琐事，但在抑郁者的心里，它就是不公、虐待、欺负和不满，有着满腹死胡同里走不出来的委屈。

我也曾迷失，无数次徘徊在生与死的边界。

如若说全职妈妈是被困在每日的柴米油盐酱醋茶里，我则是被困在了“路漫漫其修远兮”的康复日常中。颅内出血带来的脑损伤不可逆，治疗的最佳路径就是以物理康复为主体的综合治疗，通过外在的刺激，激活外围的其他神经，不断强化神经细胞的传递功能，促进递质释放，增加接触电位，激活或建立新的接触联络，恢复正常的传导运动功能。

康复本身就是一个慢工，一个动作往往需要重复成千上万次，才有可能在受损的运动神经体系里建立起一个模式；一项运动能力的提升，更是需要日复一日地重复数月、甚至数年，才有可能取得突破。何况，还常常需要在各种康复理念中做出选择，而每一个选择的对错，都需要在很长一段时间里，每一天、每一时付出精力去验证。

尤其是初期，按照保守治疗的理念，为确保骨骼力线①不变形，不让小慢随便站立和行走。所以，很多时候都在争分夺秒地为提升小慢的局部运动功能而做固定的项目，任何康复范畴之外的玩耍都意味着浪费时间。即便在炎炎夏日，我也极少能带小慢下楼乘凉、散步，而是圈在家里锻炼。

那时的小慢，对这些得失尚无感知。我却常常在抬头看窗外的璀璨灯光、听广场舞的欢快音乐时，恍然失神、羡慕不已。感觉自己骤然被围困在了一个黑暗的胡同里，曲巷长长，看不到尽头。

偶尔，因一些琐事与大慢拌了嘴，一时气急冲下楼去，在小区的花园里一圈圈暴走、哭泣，感觉自己就像被这个世界抛弃的一粒微尘。至今，我仍对当时的心境记忆清晰：月色清朗、空气凉爽，小憩的人们笑声欢快，孩子们的打闹都那么美好，而我就是个被遗忘的孤魂，惶惶戚戚地独自飘荡。

---

① 力线，是用来描述动力学链如何运作的术语。健康的生物力线通过正确地支撑动力学链上的所有要素，使我们能够高效活动身体。生物力线异常致使身体“过度补偿”动力学链上的“薄弱环节”，导致身体能量消耗不断增加、肌肉疲劳和疼痛。

转几圈之后，还是要硬着头皮回去的，因为实在不放心小慢，也唯恐耽搁宝贵的康复时间。

想要放弃生命的念头频频出现，每次都被脑子里惦记着给小慢做的某件事情跳出来搅扰。彼时的状态其实非常危险，如果不是因对小慢的那点放心不下，或许我也会像那位跳楼的妈妈一样，走了绝路。

根据心理学专业机构的研究，存在以下显著人格特点的人群，是易患抑郁症的高危人群：一是高度焦虑（表现为内在忧心忡忡或外在的易激怒）；二是羞怯（表现为社交回避、内向保守，或两者兼而有之）；三是自我批判或低水平的自我价值感；四是对人际关系高度敏感。

作为“好学生”的我，本身属于做事追求极致、凡事计划、忧患意识很强的人，又相对不爱热闹、喜安静，对小慢治疗的力不从心感也让我的自我价值感逐渐降低，完美主义的思维遭遇处处掣肘的境况时，更是雪上加霜。

我希望能给小慢找到一个最好、最快的方法康复，但自己能对接的医疗资源又有限；我希望能有更多时间陪伴她，但治病和生活所需又不能辞职，全是无解的两难问题。

就这样，产后抑郁便很轻易地蔓延开来，内心渐渐被负面情绪的乌云笼罩。

生小慢之前，我曾经极度信赖时间，认为它那么公平、公正，只要把握并珍惜，它便定会给予回报。但小慢确诊后，初始的那段时期，我觉得时间似被巫婆施了魔法，突然间翻了脸，愈是试图把握，它愈是冷面无情。它不肯满足我的需求，无论我让自己像大象一样强壮，似蚂蚁一样忙碌；无论我舍掉多少睡眠、丢弃多少娱乐；无论我放弃多少梦想、降低多少期望；它都不肯给我一点点回报，更无从谈起奇迹！

我觉得，无论我怎样努力、奋斗和求全，它还是一件一件剥夺走我的健康、激情和希望，却一点都不肯把这些抵顶给小慢。我每天活得那么用力，简直像个笑话！

于是，我逐渐放弃了对它的信赖，心底像是有一堆燃烧的火，被冷水一点一点湮灭，灰烬堵滞在了那里。不知不觉中，我变成了悲观的信徒，不再自信、不再轻信、不再对未来抱更多的期望，似乎前方的路就是眼前的几步，仓皇中深深低下头，埋首其中，不敢抬头向远方眺望！于黑暗中，日日可见巫婆满意且诡异的微笑！

产后抑郁，几乎像感冒发烧一样，不再是罕见的疾病。每一位新妈妈，都需提前做好预案。特殊孩子的妈妈们，生理原因加心理因素，内心对无法预知的未来充满恐惧，身体被求医问药的奔波透支殆尽，产后抑郁的命中率几乎百分百。如不能及时、有效地化解，便极有可能发展成为真正的抑郁症，困扰一生。

面对困境，及时调整和正确认知非常重要。时间就像我们手中握着的沙，抓得越紧流逝得越快。难题也是，握得越紧，它们越纷纷流散，脱离掌控。如若依旧执着于盯着它们，玩抓与逃的游戏，失败的必然是自己。

一步之遥——看不到尽头

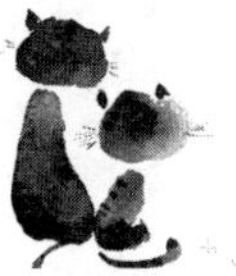

2011 年 5 月，《南方日报》独家报道了“东莞母亲韩群凤溺杀脑瘫双胞胎自杀未遂”的案件后，引起社会的广泛关注。

舆论各种评判，世人万千评说。

彼时，小慢五岁，我已经渡过最困难的时期，走出抑郁情绪的沼泽，每天为这个生命反馈的奇迹而欣喜、感恩。但我仍能深刻地理解那位妈妈的无力与决然，毕竟，不是所有的骆驼都能幸运躲过压垮它的最后一根稻草。

对照临床医生关于抑郁迹象自我鉴别的说法，当年的我基本符合 80% 的指征。譬如：总是自责，后悔没有保护好小慢，容易陷入悲观、愤怒、焦虑之中；总是脆弱，一提起孩子就无法控制地泪流满面，情绪控制能力降低；失眠，即便睡着了也总做噩梦，莫名地心慌气短；自我评价和价值感下降，体验愉悦感的能力下降，对痛苦的承受力降低，等等。

理智促使自己按部就班地照顾孩子、做家务、工作，让自己看上去跟其他人没有两样，但内心是破碎的。过程中但凡有一点点不顺利，便能轻易击垮伪装起来的坚强，情绪陷入激动，而过后又会非常沮丧、后悔，觉得特别羞愧、丢脸。

小慢的事情，我并没有刻意隐瞒。总有各种各样或出于关心，或出于好奇的人前来问询，大家反应不一、心态不一、善恶不一。渐渐地，我开始敏感和畏惧；继而，变得脆弱，承受力很差。

那时的我，在综合部门的窗口岗位工作，并独自肩负一项核心的专项业务，经常需协调各方，工作任务非常繁重。上班时，完美主义情结让自己既要急吼吼地努力赶工，又需始终保持微笑和热情；回家后，又自我强迫地想要赶紧接过小慢康复的接力棒，想办法给辛苦一天的老人顺顺心；往返 40 多公里的上下班路途也是很大的精力耗费。我每天把自己捆绑得很紧，超出负荷能力的运转，使得越是好强地想把一切都扛下来，越是无法让各方满意。

埋首其中，很多情绪的问题就这样积累了下来。常常感觉自己就是一只被命运抽打得毫无还手余地、自动运转的陀螺，晕头转向、疲惫不堪、毫无自尊。夜深人静的时候，经常一个人默默哭泣，觉得有很多委屈无以释放。

记得有一次，在电话里协调工作事情，对方是不太好说话的那种人，口气非常凌厉。我心里觉得特别堵，挂了电话后一个人默默地流泪。办公室一位大姐不明就里，过来安慰说，何必因工作的事情太在意呢？他们跟咱有啥关系啊，多想想咱家娃就开心了。结果，我哭得更厉害了。对于一般人来说，家是大后方，委屈时转移情绪想想家和可爱的孩子，便自然可以放下一切烦恼。可我，每天绷紧着一根弦努力工作，下班急匆匆地赶回家给孩子做康复，全是任务，一个紧接另一个，谈何转移？

其实，现在想来，是当时的自己过于脆弱了。电话那边的那个人说话、办事一向如此，对谁都一样，是我太敏感了而已。不过是平常的事情，哪有什么委屈，不过是长期抑郁状态的积累，是自己内心的映射。比如，内在价值判定的缺失，让自己试图去取悦所有人、尽力让所有人满意。殊不知，有时别人的恶言源于他自己的问题，老人的情绪是因为照顾孩子的疲惫，他们原本都没有刻意针对自己的恶意，都是再自然和平常不过的事情。是自己的解读出了问题，心太重，把情绪放大了。

所以，大脑、心灵和灵魂就像一盆浑水，搅拌时水会变浑浊，遮蔽我们的视野，只有当水被静置，淤泥沉底、回归澄澈，我们才能更清楚地洞察自己的内心和生活。抑郁就是那只胡乱搅拌的手，让我觉得唯有自己的天地最为沧桑和薄凉，经常夜深人静时一遍又一遍地默默哭喊：为什么？为什么？为什么是我？为什么让我来承受这些？

有一次，小慢生病了，匆匆赶回家的我给她喂药。她小小的年龄已很有个性，紧闭双唇不肯喝。好不容易拨开她的嘴唇，她又紧紧咬着牙不松口，折腾了十几分钟的我几近崩溃。当爷爷奶奶跑过来催问时，我觉得沮丧又委屈，为什么这些难题都要等我回来承担？大慢为什么不做？爷爷奶奶经验丰富为什么不先喂好呢？我突然觉得这日子简直糟糕透了，心头这坎儿过不去了，一生气便把药丢到床上，号啕大哭。

褐色的药汁在洁白的床单上肆意流泻、渲染，俨然自己破败的人生。

其实，冲动时的那股情绪就一阵子，爆发时就已经开始后悔了。冷静下来的我感到非常尴尬，心疼地抱起小慢，去跟爷爷奶奶道歉。就这样，情绪反反复复，冲动与自责交替，周而复始、恶性循环。

人说，抑郁的人是内心破了洞，重要的东西正从这个破洞逐渐流失。有时，或许仅仅是一句话、一个故事、一双温暖的手，都有可能帮助他人或自己从深渊的边缘退回。

正常情况下，导致夫妻感情破裂或外遇高发的几个阶段，一是孩子出生至三岁左右，因抚育孩子引致夫妻矛盾和婆媳问题；二是七年之痒，夫妻之间失去彼此吸引的魅力，亲密关系出现问题；三是孩子上大学以后，生活中没有了共同的牵绊和奋斗目标。回首那些暗无天日的时光，非常感恩大慢和爷爷奶奶。当时的我，整个人变了个样子，状态非常糟糕。他们虽不懂心理学，但从未跟我过分计较，而是给予了最大限度的理解和包容。尤其对小慢，他们数年如一日地精心照顾，任由我四处扑腾着寻求各种康复方法，积极配合着一一去做。

经历过那些年，我才真正领悟，每个人原本都有独一无二的命数，都有自己独特的生活。如果这就是命运的安排，享受它，就是美好的旅程；排斥它，就是痛苦的深渊。

身体的警报——身心俱疲

很多女人，初为人母时的喜悦都会胜于一切。那个襁褓中的小不点儿，越看越可爱，恨不能时刻把眼睛黏在她身上。我却只有在小慢睡着的时候，才会片刻有这种感觉。之所以片刻，是因为那无休止的担忧和焦虑感总会很快不自觉地涌上心头。

产假期间，一个姐姐前来探望。她说："我原本想，这么小的婴儿，正是省心的时候，你怎么会这么累、这么焦虑呢？我生儿子的时候就自己一个人在家，他醒着我就给他拍照、抱着他玩，他睡了我就跟着睡，轻松着呢。我这一抱，发现还真不是那么回事儿，小慢胖归胖，但太软、太虚了，就跟一袋面似的，不像别的孩子自己能跟上劲儿。"

我也曾替姐姐和朋友带过一两次孩子，一天下来并不觉得怎样。

小人儿虽然会哭闹、任性、淘气，但大人的心态是放松的，吃喝料理好的基础上只管陪他聊天和玩游戏就好了，大可尽享其中的乐趣。带小慢却不是，我们需谨遵医嘱，不能让她这样那样，必须让她这样那样。某种程度上，她不是一个孩子，而是一个病例。我们是医生，她是那个治疗对象。再多的爱与温情，成为机械的、紧要的、必做的任务时，都会大打折扣。

这对小慢不公平，我心疼，又不得已而为之。

记得有人曾问我，当孩子因牵拉筋骨而疼得哭喊时，内心什么感受？我当时冠冕堂皇地回答：“家长要正确面对，也要教孩子正确面对，只要过程中家长好好陪着、锻炼之余好好爱他，让他有安全感就行了。否则，不舍得、不吃苦便永远康复不了，最终受罪的还是孩子。”作为官方采访体，这么讲一点都没错，毕竟要给其他家长起表率作用。但扪心自问，真的是这样吗？

小慢大一点儿以后，也曾问我：“为什么？我为什么要做这些？我为什么不能像别的孩子一样玩？我为什么除了学习就是锻炼？”这是个没有办法回答的问题。告诉她人生之苦？心灵修行？励志格言？都是见鬼的东西。孩子的角度很简单，就是我要玩，我想跟别人一样，我怕苦怕疼怕累，等等，这些想法丝毫不过分。

所以，我心疼、焦虑，我得天天扮演巫婆，举着毒苹果，威逼利诱自己的孩子，让她练习、支撑、挺腰、抓握……

身陷局中，最可怕的是焦虑。

看了很多医疗和康复类书籍、跑了很多医院后，更是如此。最直接的体现就是，常会把所有孩子成长过程中都会碰到的共性问题，视为需要解决的问题，对孩子的任何情况都紧张兮兮。本来还不到自然发育的阶段，也会心里犯嘀咕：怎么还不会笑呢？怎么还不会说话呢？怎么老爱吃手呢？会不会有问题？等等。

有一次，小病友小石头的妈妈跟我说，你说小石头乘除法怎么老跟加减法混呢？要不要给他做个智测去啊？其实，当时小石头才刚上中班，刚刚接触算术。一问周围其他孩子，有的还不如他呢。但我们就是紧张，因为任何一丁点儿的问题都会成为压倒骆驼的最后一根稻草，我们输不起。小石头小时候感冒过一次，爸爸看护时睡着了，结果高烧后没能及时控制，诱发了癫痫。自此，小石头的爸妈高度紧张，衣食住行全方位、加倍地精细护理，尽量避免生病。我们也跟着拉响一级警报，只要超过38℃就赶紧用退烧药，唯恐导致高热癫痫。所有的疫苗也都要四处求证，反复确认属于活疫苗还是死疫苗，有脑损伤的孩子能否接种。

时不时，姥姥、姥爷来电话时会问怎么样了，会翻身了吗？会爬了吗？会坐了吧？等等。每次得到否定的回答后，他们都会叨唠一通："别听医生他们忽悠，我们看这孩子没问题；你就是不舍得把她送老家来，天天在楼房里憋着哪行？孩子就得接地气；人家谁谁家的孙子，生下来两斤多，都愣给养活了，两岁多不会走，就天天跟在奶奶三轮车后面硬拖，这不也成了吗！"我无法跟他们解释，小慢的恢复程度已算理想，别的孩子自然而然就会的事情，对于一个脑损伤的孩子有多么艰难！我知道，他们既心疼我又挂念小慢。在他们的认知里，整天跑医院、从未间断治疗的一个孩子，投入无数精力和财力后，总归得有点儿实质性的突破才行吧？

我自然更加焦虑，担心寻求的方法得不得当，会不会耽误孩子，也纠结如果早听他们的话，把孩子送回老家用土法子练练，小慢会不会早已能够走起来了？

马克·吐温说："我一生中充满了可怕的灾难，而其中大部分从未发生过。"长久深陷那些不必要的焦虑、不安和恐惧，我的身体便不断出现问题，而身体的不适又引发新的情绪问题，陷入恶性循环。从那个循环中挣脱，是件非常不容易的事情。

求医问药难、排队治疗难、医疗资源不足，眼睁睁看着那小小的脑袋挨针扎和按压，伴着让人心碎的哭声强迫她去按摩、针灸、水疗[①]、PT[②]，奔波、奔波、再奔波，一天天重复项目，每天 50 多公里往返路途奔波，繁重的各种任务，等等。

一切力不从心，焦虑无处不在。

长期一个姿势，较着劲儿、窝在垫子上给小慢按摩、推腰、牵腿等，我的腰肌劳损和颈椎问题便非常严重；考虑和操心的事情多，睡眠也不好。体力透支、睡眠缺乏、不锻炼、心思重，这些交织在一起，我便成了一个年轻的老病号，免疫力极其低下，动辄感冒，小毛病频发。

每天，大脑在医院和工作的两个频道上切换，漫漫康复路前程未知，脱离社会、没有社交，生活轨迹全部乱套。

当时我的身体出现的问题主要有：胃功能紊乱、消化不良，曾有一段时间几乎感知不到饭菜的味道；腰酸背痛，尤其做完家务躺下后，髂腰肌疼得一点儿也动弹不了，翻身起坐都需要大慢一点点拉起来，稍微用力就钻心地疼痛；心慌、心悸、气短、血压低……

而每天为了抢时间完成工作和小慢的事情，我变得说话快、走路快，整天精神高度紧绷，不自觉间开始对任何事情都异常在意，极其紧张和忧虑。易疲劳、肌肉紧张，连开车时都不自知地端着膀子、双臂紧绷，特别不放松；

① 水疗，是利用各种不同成分、温度、压力的水，以不同的形式作用于人体以达到机械及化学刺激作用来防治疾病的方法。

② 运动疗法（Physical Therapy，缩写PT），是为了缓解症状或改善功能而进行全身或身体某一部分的运动以达到训练目的的方法，目的是借助或不借助器械，科学地、有针对性地、循序渐进地恢复患者丧失或减弱了的运动功能，同时预防和训练肌肉萎缩、关节僵直、骨质疏松、局部或全身畸形等并发症的产生。

睡眠不好、颈椎不好，导致经常头疼，免疫力低、感冒频发、长期口腔溃疡，等等。

最让自己恐慌的是情感堵滞问题。一方面，动辄无端流泪，总希望能寻得一个无人的空旷之地，大喊大叫宣泄一番；另一方面，明明有时心底很难过，却一滴泪都流不出来。

记得有一次，听大家在聊一个熟悉的同事，说假期里出了车祸，老人和孩子都没了，两人住在医院已几近崩溃。听了之后，我觉得自己整个心都在颤抖，非常难过。但我悲哀地发现，自己竟然不会哭了！明明很想哭，整个脸却是僵的，眼泪似乎滞在了胸口，一点儿都流不出来，堵得难受。直至晚上，再次夜半难眠的时候，那些积聚的眼泪才汹涌而来，悲伤得以宣泄。

现在想来，是那种持续高压的生活状态，让自己从内到外高度紧绷，机体的一些正常生理功能都紊乱了。当感觉不到生活的意义、目的和方向性时，焦虑和恐惧便必然会持续加重，身体感知到厌倦和束缚，反应便会出现障碍。

一颗石头心——关于信仰

很多人有不同的信仰，有的人信耶稣，有的人信佛教，有的人信道教。那么，更需常常检视一下内心，本真的心态是怎样的？是为了对信仰祈求、以图福禄财寿，还是期待借由信仰唤醒内心的力量，担负起一个凡人应有的责任？如若任由自己把信仰作为规避问题和逃避责任的借口，只会为此付出沉重的代价，承受更大的痛苦。

最好的疗愈之道其实是爱，譬如，正是源自内心深处对小慢的爱，才使我不舍得浪费一丁点儿陪伴她的时间，去尝试但凡可能有效的事情。而小慢渐渐长大后回馈给我的爱，亦给了我神奇的力量。

一

每个人都有每个人的世界，每个人都习惯于用自己的模式考量别人，这是世道、是法则。当利益和边界出现冲突时，不讲道理的一方往往会拿出所谓道德的宣判，当作法杖，碾压一切。

小慢的疾病，一直是我心头的痛。但有一天，它竟成为别人攻击我们的利器，却是我万万没有料到的。

那天，我带着刚刚学习走路的小慢去物业缴费。我们贴着楼边慢慢顺行，小慢兴致高涨，特别带劲儿。突然，对面急吼吼地冲过来一辆车，飞快地从我们身边开了过去。惊魂未定间，不一会儿，这辆车转了一圈后又冲了回来，直直地停在我们面前，还不停地按喇叭。小慢从小就对刺耳的响声比较敏感，吓得一动也不敢动，我赶忙弯下腰来给她捂住耳朵。开车的是一个中年女性，面相特凶，探出头来冲我们嚷嚷，意思是她要把车停在那里，让我们躲开。

我一看，我们站的地方根本就不是一个停车位，而且正挡着门口，也不能停车，便没有理会她，继续慢慢走我们的。那人急吼吼的，狂按喇叭，还骂骂咧咧的。我气坏了，“老母鸡”本能爆发，干脆停下来不走了，打电话叫来了保安。她更加暴躁，冲下车来叫叫嚷嚷。

保安过来问清情况后，让她把车开走，停到门外的收费车位上去。这时，她的朋友也下来了，恰好是跟我们住同一单元、经常碰面打招呼的邻居。她朋友跟我们致歉后，跟保安保证只停一会儿，便带着不情不愿的她走了，我也抱起小慢继续往物业走。许是她朋友跟她说了小慢的情况，她转头高扯着嗓门、显然故意地冲着我们喊了一句：“活该！报应！”

我气得浑身发抖，恨不能冲回去跟她理论一番。但想到怀抱里的小慢，便只能硬生生地默默忍下、假装没有听到。我想，如果继续纠缠，她只会说出更恶劣的话来，受伤的还是我们。如果小慢问我，什么是报应，我该怎么解释？我自己都不明白这种时常被拿来人身攻击的词汇到底应该是什么意义。

朋友劝我不要理会这种“垃圾人”，可当时的我正深陷抑郁沼泽，内心脆弱、无力调节，那口气便积郁在心底，久久化解不开，一想起来便泪流满面。曾经心高气傲的我想不通，世间事难道不都是要“讲道理”的吗？是是非非总有个准绳和标尺，分得出个对错吧？难道我们的病痛可以成为别人攻击我们的武器，就像被握住了什么见不得光的把柄，由此低人一等吗？

那么，小慢将来该怎么办呢？给她带来的可能不只是生活的不便，还有诸多非议和责难。她会不会尊严被践踏得一塌糊涂，由此认定残疾是自己的罪过，别人高高在上的歧视都理所应当呢？我该怎样才能让她迎着这世俗刮过的凛冽寒风，牢握“简·爱”的旗帜，明白原本人格平等，透过道貌岸然的伪装看出一些人健全四肢下的“小”来呢？

此后，我读了很多佛学有关的书籍，我想知道，对于我们普通人来讲，佛法到底想教诲我们什么？也因之，结识了很多笃信佛教的朋友，她们的温暖一点点把我从那种伤害中拉了出来，得以释然。

现在想来，也许正是那个契机，让我学会了从当下的迷局中抬起头来，去探究可以更深层次、更高立意开解内心的领域。也因此，学会了宽恕和仁爱，时时警醒自己不要陷入“我执”的妄念，伤了他人。

二

那些年，我疲惫、迷茫，经常跟病房邂逅的一位小病友妈妈倾诉自己内心的困惑以及面临的困境。彼时，我最大的问题就是时间不够用，有太多现实的问题需要处理，整个人都快被榨干了。

她说，你应该多来参加我们的聚会，感受主带给你的力量。我自然是不能参加的，便跟她说，自己没有精力和时间，觉得那样解决不了现实的问题，每一天、每一分钟都不舍得浪费，丢下小慢、不做康复怎么能行呢？何况，至今也尚未遇到一个让我信服的人，他的言行、智慧和状态，足以吸引和感化我。

小病友的妈妈不认同，认为我太执迷于小我，应该把自己交给上帝，才能彻底开解。并说："用我们组长的话，你就是属于那种内心像石头一样的人，轻易不会开化。"我怎么会是石头心呢？恰好那位组长创办了一个融合类幼儿园，我便硬生生挤出了半天时间，一来拜会一下他，二来实地探访一下幼儿园，看是否适合小慢。

组长是个看上去非常儒雅的中年人，说话慢条斯理，但语气比较淡漠，行为举止像个大师。我特意选的餐厅及精心搭配的饭菜、听他讲话时及时回应与认可等，他统统视而不见，不似平常人有着该有的热情和礼貌。我和小病友妈妈聊及孩子们的病情时，他也丝毫不关心。那种感觉怎么说呢？他就像是活在自己的世界，感觉一切理所应当、为我所用的样子吧。

我记得他一直在讲他自己的故事，一个长长的故事，大意是：某一天，他躺在沙发上看《圣经》，迷迷糊糊睡着了，然后做了一个非常真实、清晰的梦，在梦里上帝召唤了他。于是，不久的一天，上帝的旨意使得人事部门发现了他在个人信息表中填报的信仰，他便辞职离开了那个大机关。在家照顾患先天性心脏病女儿的过程中，他又做了一个梦，便遵照上帝的授意创办了幼儿园，非常成功。期间，二女儿出世，经历了一段负债累累、无比艰辛的日子后，上帝再次垂青，突然给了他一个大单子，于是，他自此翻身，创办了一个事务所。他自己的叙述，如这番描述般平白，一切事情都没有因缘、没有过程、没有感悟，只有一个因素：冥冥中上帝的授意。

小病友的妈妈在旁边不断补充，比如他家宝贝做了手术，出乎意料的成功；他这个幼儿园，颇有规模；他的事务所，盈利颇丰，等等。好像一切都缘于他是那个幸运儿，所以上帝予以恩施。至于他自己从中如何得以提升、如何渡过那些困境、心灵和行动方面有何启发等等，都没有。

当年的我，无法理解。

他宣讲的一些认知，太过人情淡漠，与我身边那些礼貌、周全、懂得体恤、彼此照顾的朋友们实在太不相同，难不成是因他更注重人与主之间的联结、而不是人与人之间的相处？

那么，脱下信仰的外衣，怎样才算是一颗石头心呢？

十年后，当有了一定阅历的我，认识了很多笃信基督、因信仰而发光的人后，也开始试着去理解那位组长。我想，信仰在他身上的作用或许是，因内心认定自己一定是上帝垂青的幸运儿，所以面临任何问题时都不再掺杂本能情绪和小我情感，从而笃信好的结局，在一定程度上，这确实有助于顺利、平稳地渡过困境吧？

但是，如果只是披上了信仰的外衣，而不是从内心深处去理解《圣经》要义，对他人困境和世事真相深入探寻、真诚理解。长此以往，他的心只会逐渐变得冷漠和坚硬，好像自己当真是超然于世界之外的、优越的、独一无二的、上帝的宠儿。

三

朋友说，现在有两类人比较典型，均是比较突出的庞大群体：一类是毫无底线的人，一类是底线太高的人。第一类人，太自我、扭曲与乖张，只要不犯法，便能活得张扬，与动物并无二般，对老祖宗的仁义礼智信统统免疫，对法律法规和社会规范遵守与否则全看心情；第二类人，从小被灌输了太多的限制和约束，完全失去了自我，内在压抑而痛苦。

因此，第一类人冲动犯罪的越来越多，第二类人心理出现问题的越来越多。

所以，心灵修行类课程遍地开花，尤其是在三线城市。大家依托群体支撑，用一些心理学沾边的理论洗脑，试图达成与自我及外在的和解。

同学曾拉我们去体验她参加的一个课程，做伙伴支撑。

主办方请了好几个“成功人士”，介绍其上课之后的神奇蜕变。然后，让大家分组，从一堆报纸和杂志中剪取各自喜欢的图片，粘贴到一张白纸上制作成曼陀罗，并向其他人讲解自己的主题和含义，老学员再一一给予点评。

给我们组点评的是一个光头小伙子，用打了鸡血一般的激情，发表了一通言之无物的演讲，中心思想是劝我们参加课程，封闭五天四夜，彻底解决头脑中的“问题”。

我原本对课程宣传的一些积极心理学理念很感兴趣，便跟他多聊了几句。我把孩子的特殊情况和当下的困境跟他说了，纠结自己没有时间上课。但那个老学员完全没有共情，只顾推介课程、自说自话，劝我应该学会放下，先参加课程，大意是这一切仅仅是思想上的问题。

他说：“你那算什么事啊？孩子怎么会离不开呢？这也是一个思想障碍。没有时间算什么理由啊？我们有一个组员孩子发高烧，人家就让其他姐妹帮忙送医院了，自己继续在这里好好上课。”我听了之后感觉非常震惊，照顾孩子起居、玩耍可以找人替代，高烧看病也可以吗？这种情况下还能静下心来上课的人，难以想象能得到什么样的提升。

尽管我非常认可课程宣传的一些理念，但实在不太认同它的营销模式和一些成员的所思所行。

后来，听一个同学说，其生活在某三线小城的哥哥嫂嫂，经人介绍参加了类似课程后，像被洗脑一样，丢下本已举步维艰的小生意，整天各种封闭、聚会、公益、捐赠，穿那种中式、纯棉、像修行者一样的衣服，挂满手串，满嘴鸡汤。

依他们的认知，根本无法真正理解灵修理论的精髓，明显是逃避现实、自我欺骗，成为一些不法组织的牺牲品。果不其然，他们的生意愈发惨淡，在群里又滥交了一些朋友，在各种错误投资中越陷越深。

回顾那些年经历的这些事情，我渐渐明白，无论是信佛、加入基督教还是笃信灵修类课程，都只不过是帮助认清自己、突破困境的工具。如果把它当作救世主，从而放弃面对现实的理性，实在有违信仰本义。

其实，最重要的，是要学会勇于面对问题，担负起自己应负的责任来，而不是一味地向外求助。

走出困局——抑郁的自救方法

我总觉得，得意可以让人忘形，失意亦可以让人无形。在大喜大悲面前，最能考验人性。

一个大的压力或一个大的喜悦降临时，任何人都会激发出原始的本能反应。如不自我反观和调整，便会失态。

听过、看过很多人的故事以后，我渐渐明白，最紧迫需要解决的并不是外在的一切东西，而是自己的内心。否则，得到再多都不会幸福，失去任何一丁点儿都不能接受，这是很多焦虑和抑郁之人的通病。

史蒂芬·柯维在《高效能人士的七个习惯》里说，人类成熟有三个时期："一是依赖期——以'你'为核心，你照顾我，你得为我的得失成败负责；二是独立期——以'我'为核心，我可以做到，我可以负责，我可以靠自己，我有权选择；三是互赖期——以'我们'为核心，我们可以做到，我们可以合作，我们可以融合彼此的智慧和能力，共创前程。"当我们开始习惯主动负责，遇到再不好的境遇，也明白永远有选择的主动权，而不是境遇或他人所逼，就代表着从依赖期转向了独立期。

就这样，角色的突然转换、境遇的瞬间改变，一路跌跌撞撞，为母则强的本能焕发出来，自己开始正确地面对困局与因缘。诸多反思和积累，会在某一天、某个点突然顿悟。

记得有一次，我在中康① 给小慢做矫正鞋。等候时，看到一位跟我年龄差不多的姑娘，正拄着拐杖跟医生非常开心地说笑、探讨病情，精神面貌特别好，整个人像发着光。我不禁多看了她几眼，姑娘的一条裤腿空空荡荡，但头发梳理得特别整齐，戴着漂亮的发饰、耳环，画着精致的妆容。

我被震撼了，低头看看灰头土脸的自己，不禁惭愧。口口声声说担心小慢长大后会不幸福，殊不知，即便把小慢身体治好了，我这样的妈妈也没有资格做她心灵的领路人，确保她长大后能如这位姑娘般美好啊！

那种争分夺秒、唯此为重、追求极致的状态，其实是在逃避现实、走死胡同，焦虑和紧张不仅会毁了自己，还会紧紧束缚住小慢和家人。

生活还是生活，它还应该是它本来的面目。只是，小慢的未来会有更多不确定性而已；只是，需舍弃享乐、多吃些苦头罢了；只是，要涉足一个陌生的医疗领域，感觉比较无力和害怕罢了。无论要面对的是什么，总要从从容容、漂漂亮亮地把每一天过得更有意义一点吧？唯此，渐渐长大、懂事后的小慢，看到的才会是一个有着健康心态的、美丽从容的妈妈，才能对生活有着幸福和美好的定义，对未来有更多的信心和期待啊！

总不能，上帝关闭了一扇门，自己再关上所有的窗吧？

当我痛下决心，坦坦荡荡地告诉别人真实情况，感恩地接受一切关怀，平静地面对一切不公时，我便破解了心头的魔咒，走上自我疗愈之路。如今想

① 中康，中国康复研究中心北京博爱医院。

来，行之有效的一些经验主要是：

有一个稳定、便捷的情绪宣泄出口。除了有几个贴心朋友，会随时随地接听我的电话，听我倾诉外，我还比较喜欢随手记录。从最初的博客到微信朋友圈，再到后来的印象笔记、有道云笔记和微信公众号。无论哪种工具，都是最忠实和贴心的伙伴，不需太多条件限制，就可以把心底堆积的东西统统丢给它，暂时减压。

强化责任心，及时把注意力转移到手头的事情上来，越简单细小的事项越好。比如后期，我给自己制定了“埋头苦干，不问结局”的“笨”办法，强迫自己埋头于小慢的吃喝拉撒、日常康复和生活小事中；同时，更加认真地对待自己的工作，确保每一项都完成到最好的程度。每天把自己塞得满满当当，对当下的每件事竭尽全力，确保不留遗憾，自然而然就把很多不必要的思虑屏蔽掉了。

寻求集体归属感。我曾经加入一个早产儿妈妈的博客圈，大家经常一起交流经验、互相打气、探寻办法，不仅寻得了很多康复方法和破局之道，还不断通过别人的分享，得以感悟和启发。标签是群体归属感，是战斗团体，是拧成一股绳共同前行的力量。尤其现在，有微信群、有便捷的社交平台，学会利用这些社交工具非常重要，关上门来自己琢磨肯定不行。譬如，一个做了股骨头置换术的朋友，那么大的手术痛苦和风险都承受住了，却被三天未通的大便险些要了命。最后，竟是病友群一个朋友推荐的小偏方，用一杯润肠茶轻松解决了问题。

不抱怨或寄希望于别人。我们唯一能控制的就是自己，把希望寄托在别人身上是没用的，即便这个人是自己的父母、丈夫或孩子。记得有一段时间，我对大慢特别失望，觉得自己付出这么多、改变这么大，他却没能与自己保持同样的步伐。于是，我对他各种挑剔，怨气十足，经常沟通稍不顺畅就气得摔电话。后来，遇到一个老乡小妹，惊诧于她老公为何心甘情愿地每天为她晨端水晚泡脚，任劳任怨地做饭、接娃、当司机？她给我灌输了一套理念：女人要学会善纳自己，把问题尽管放心交给老公，并积极地赞美和鼓励。其实，一味地抱怨别人是不对的，只要自己调整了看问题的角度和做事情的方法，很多事情自然而然会跟着改变。

我曾多次亲眼见证这位小妹的“御夫功夫”，不得不说是一种超然的能力。譬如，有一次集体培训，结束后她沉迷于跟我们闲聊，愣是让前来接她的老公在楼下干等了一个多小时，她自知自己过分，下楼后赶紧跑过去抱住老公的肩膀说：“哎呀，老公你真好！饿坏了吧？你这么辛苦过来接我，还等半天，我们同事都说得评你当我们单位的最优秀家属呢！”她说得非常自然，老公受用得非常习惯，搭车的我震惊得非常了得。

多读多看多听。每本书都相当于一个免费的人生经验，任何一个故事都有它存在的价值和道理。读得多听得多了，才会明白，世间很多事情并不是我们原有思维模式所解读出来的样子。很多表面呈现出来的东西，其背后其实都有着非常复杂的渊源和意想不到的真相。

尤其是后来的几年里，我加入了樊登读书会和十点读书会，无论是开车还是坐地铁，每天都把路途时间充分利用起来，确保每周至少读一本书，每天至少写五百字，并时常与其他会员和书友们交流。在教育孩子、家人相处、创新思维方面，书籍和群友，其实是最好的生活顾问团。

践行科学的方法。把书中学到的知识，及时应用到生活中。比如，每天按

《人生高效率手册》介绍的方法拉清单，把脑子里的各种问题列出来，一一解决和勾销；结合小慢的康复项目，自己同时跟着锻炼身体；按专业书籍介绍的方法敲打经络、冥想，坚持中药调理等。

回想起来，对我影响比较大的书包括：心理类《正念的奇迹》《亲密关系》《零极限》等；小说类《左贺的超级阿嬷》《偷影子的人》《抢走我名字的人》《解忧杂货店》《心术》等；亲子教育类《爱和自由》《透析童年》《捕捉儿童敏感期》《孩子，把你的手给我》《正面管教》等；励志类《哲学与人生》《少有人走的路》《不抱怨的世界》《黑暗中的舞者》《我的奋斗》《成大事者不纠结》《特蕾莎修女》《幸福要回答》等；其他类《看见》等。

偶尔出行，跳出固有的生活模式。工作性质使然，我时常需要出差。起初，我总是痛苦和纠结，一想到小慢就揪心、牵挂。后来，学会了趁出行之机沉淀和梳理思绪，把路途上的短暂放松和调剂当作加油站。凡事都有好的一面，对于被安排的出行，从纠结到坦然接受，不过是瞬间心境的转换。

其实，如若总在一种惯性中生活，难免会生发出绝望，就像在一条荒凉的小路上行走，看不到尽头，没有人陪伴，不知道结局，孤独感会吞噬掉所有的信念。如果偶尔开开小差，离开那条路，抬头看一看别处的风景，让心胸开阔一些，心情放松一下，待回来时便会拥有一个崭新的视角，重新踏上征程。

破解心头的魔咒——身边的例子

抑郁，通常对一个人的自尊、自信造成打击或损害。而对大多数成年人而言，自尊、自信与亲密关系及工作、财富息息相关。

抑郁症够恐怖，但更恐怖的是我们对其的无知、无助。坦然面对现实，科学地去解决问题才是正道。只要生而为人的那份理智、那份责任和那份思考尚在，就有了自我救赎的可能。

这些年，身边也有一些被抑郁侵袭的例子，她们的共同之处都是源于无法面对事实。凡能挺过来的，必然是最终与困境达成了和解，能够平静地看待这件事、接受它，并平静地把能处理的事处理好，无问西东，仅此而已。

一

一个好友的小姑子，在北京打工多年，有个可爱的女儿，跟小慢常在一起玩耍。两年前的一天，她微信联系我，希望帮忙打听孩子爸爸投资的一个股票。正好一个大学同学在深圳从事相关行业，便很快帮忙查清，是那段时间比较盛行的新三板里一个不太规范的、地方银行融资的项目，适逢股市大形势不好，基本上没有多大的回款希望。

起初她还抱有一丝丝希望，觉得股市将来还会回升，总不至于太糟。但随着时间推移，她渐渐走进了死胡同。不断地抱怨孩子爸爸："我最恨他不跟我打招呼，欺骗我，偷偷地把这些年辛辛苦苦赚的积蓄全投进去了，还借了外债，他为什么不跟我商量……"再后来，她开始猜疑："那个美女业务员是孩子爸爸从网上结识的，竟然就这么草率地给她打钱，他这么信任那个女人却不信任我，肯定有什么问题……"

一个多月后，听说孩子要被送回老家上寄宿学校，我们便前去道别。

许久未见，她整个像变了一个人，原来那个面色红润、健康，整天笑呵呵、爽朗得不得了的美女不见了，只剩下一个脸色铁青、表情木然的躯壳。待人群散去，她低声跟我说："想开点、想开点，哪那么容易想开呢？这事搁别人那里是小事儿，搁我这里就是天大的事儿，过不去。"说完，呜呜咽咽地哭了。

半年后，我路过她家，便拐进去看看。在门口喊了几声才有应答，循声进去，发现她窝在黑暗房间的床上，整个人已经瘦得不成样子。外面阳光灿烂，迎春花开得正艳，他们住的是平房，待在里面浑身阴湿寒冷，与外面相比简直像生死两界。喊她出门也不愿意动，问她话也不愿意说。

我离开后赶紧给好友打电话了解情况，她说，小姑子最初还老跟孩子爸爸发飙，后来就不再开口、自己憋着，天天躺床上胡思乱想，还不时发魔怔，甚至有自残行为，整个人废掉了。她本来已经想开了一些，但送孩子回去上学时，见原来的同学、发小都在老家买了房、买了车，对比自己在北京过的日子便心下凄凉，亦觉得把孩子送回去寄宿对不起她，便又一时想不开、走不出来了。

回想自己当初的经历，我劝好友赶紧给她找份工作，哪怕刷盘子、打扫卫生都行，只要劳动起来，有跟人打交道的机会就行，千万不能继续憋在家里。起初，他们各种担忧，怕她出门会出问题、惹麻烦，后来慢慢尝试，一点一点从简单的工作干起。随着时间的推移，送回老家的孩子度过了适应期，学习和生活步入正轨，也不断反馈回来一些好消息，给她些许安慰。

其实，战胜抑郁的五大疗法之一，就是寻找一份能带来新生的工作，打开自己的世界，多接受外界的刺激。如今的她，在一家颇有规模的大型房产中介做保洁，每天只要肯吃苦、多接活，就可以挣得丰厚的薪酬。公司经常搞一些团队建设，一起工作的伙伴大多是从贫困、偏远地区过来的打工妹子，彼此处境相似，在一起相处很和谐，她也寻得了群体归属感。

那日，见她新发的朋友圈，配图是家里老母过生日的照片，只一句话："人在就有希望"。

我明了，她已安然渡过。

二

有一老友，成长于一个村支书家庭，属于从小富养、顺风顺水的姑娘。特别善良、热心肠，对信任的人好得掏心掏肺，人生字典里很少出现"拒绝"二字。

在三线城市全民炒房热潮之际，她却因信任闺密被非法集资，准备买房的钱和向亲友借的钱统统打了水漂。起初，她苦追债主，心存希望，试图唤醒对方的良心，像祥林嫂一样四处倾诉，不肯面对对方无良的现实。再后来，做担保的闺密反目，不肯协助，她又陷入怨愤，心下抓狂，无以解脱。

原本，她是兼修心理学的，甚至考取了二级证书。但面对现实问题，人不是冰冷的课题对象，再专业的人也无法实现自我救赎。最严重的时候，她天天以泪洗面，发疯似的打听集资者行踪，不惜斥资前去追讨。看到周围的人买房、要二胎，日子过得风生水起，这位老友更是懊恼得不行。

她老公与她是初中同学，一个非常老实、简单的人。两个人都挣着不多的死工资，对于他们来说，这个变故无疑会影响几十年甚至一辈子。但他对当初执意决策的她从未抱怨过一句，而是默默地陪着她、宽慰她，时时刻刻挂念着她的安危，照顾着她的生活。

前些天，她跟我说："我现在释然了，无论别人有怎样的过错，事情当初都是自己决定做的，没人拿刀逼着自己，我自己要为此负责。我也去深圳看了，逃债者也过得实在凄惨，如果真有能力还钱她也不会选择逃亡吧？我选择放过，放过她，也放过自己吧。"

见我惊诧于她的开悟，她说："主要是老公和儿子的作用，不忍看他们整天为自己担忧、受拖累，那份亲情感化了自己。"以前，她总嫌自己老公没出息，不像别人的老公做生意或奔仕途，能顶天立地撑起一摊儿事。而现在，她觉得自己的老公是世界上最好的男人，得之所幸。

她说，历经十年，自此一家人相亲相爱，回归初心，从零开始，很好。

三

抑郁症如今已成为全球第四大疾患，令全球3.5亿人饱受痛苦。在我国，抑郁症患者数量超过2600万人，男性发病率为8%～12%，女性则高达

10% ~ 25%。每个人都会时不时毫无理由地情绪低落，只有在这种情绪状态非常严重、持续两周或更久、影响了我们在家庭及工作中的正常功能时，才被认为是抑郁症。我们每个人身边可能就有一个患者或潜在患者，这个人甚至就是我们自己。产后抑郁，更是广泛而又普遍的一个存在。

抑郁足以威胁生命，破坏有序宁静的生活日常。压力是抑郁症的成因之一，一个重大的生活事件通常对一个人的自尊、自信造成打击或损害，各种压力导致的无助感，使得情绪非常容易陷入低迷，内心难以接受现实。

对抑郁症的不正确认知甚至误解，以及中国人不善表达、爱面子的习惯，导致其及时被发现、面对和诊治的概率很小。重度抑郁患者的自伤行为终身发生率高达 86.8%，而其中只有 10% 接受过专科治疗。

及时认知自我心理的健康状态，正确面对自身的情绪问题，而不是任由日子糟心下去，在抑郁初始用科学的方法及时调整，尤其重要。要相信，最难的一段路，总是会走完的，再忍耐一下，就该上坡了。

第三章

埋头苦干　不问结局

有这样一个故事：从前，在法的门前站着一个门卫，一个男人来到法的门前，他要求进去。但门卫说："现在不能让你进去。"他问以后可不可以进，门卫说："以后是可能的，但现在不行。当然，你也可以试试看，不顾我的禁令往里走好了。不过，我可是有力量的，但我也不过是最下级的门卫，每一层门厅都站着门卫，而且一个比一个威武。"于是，这个男人便日复一日、年复一年地等在法门外。他为这次出门带了好多东西，如今他把什么都拿来花了，贵重的东西当然用以贿赂那位门卫。在等待的日子里，这个男人忘记了还有其余的门卫，他认为这是他进法门的唯一障碍。于是，他开始咒骂这一倒霉的偶然性。渐渐地，他老了，视力也不行了，身体不能再站起来了。他示意门卫过来，说："所有的人都在追求法，但为什么这么多年来除我之外没有一个人到这里来，要求进法的大门呢？"门卫大声说："因为这个门仅仅是为你而开的啊，我现在只好把它关上了。"

这个可怜的人，他本来是可以走进那扇法门的，只因缺乏勇气，又不善用智慧，且心怀侥幸，便死在法门之外了。

对于我们来说，每一个人都会有一道属于自己的法门。有多少道门、多少个门卫并不重要，重要的是自己的信念、力量和智慧。当勇于闯开第一道貌似冷酷的门时，生活的前景就会豁然开朗。

回首小慢的康复之路，当我从抑郁情绪的那口深井爬出，真正接受并面对这个问题时，属于自己的那道"法门"便开了。

面对看不见尽头的考验，有时没有什么技巧，就是笨笨地熬。埋头苦干，不问结局，俯首到当下的每一件事情上来，然后，不知不觉间，一个又一个貌似不可突破的"法门"就这样闯过了。

踏入康复圈——儿童医院的日子

小慢确诊后，我们便在儿童医院登了记，排队住院。

接到医生通知的时候，我还被紧迫的工作痴缠着，便问是否可以下午再去。医生那不可置信的表情恨不能透过话筒鲜活地摆在我面前："开什么玩笑？你知道多少人排了多久的队才能等到床位吗？中午 12 点前必须办完手续，否则视为放弃，门口一大堆眼睛盯着呢！"

仓促间，将办理休假的手续托付给同事，紧急从北四环一路狂奔到东五环，接上爷爷和小慢，带上简单的生活用品，我们就这样懵懵地闯进了儿童医院的住院部。

频道切换，一切都是新的挑战。各项大大小小的检查，针灸科、水疗科、高压氧舱①、PT、OT②，逐一摸清门道，统筹好时间去预约、排队、等待……

同病房还有五个孩子，情况都不一样。

① 高压氧舱治疗是在超过一个大气压的环境中呼吸纯氧气，为脑外伤治疗提供辅助治疗的方法，对改善脑外伤患者的预后、提高治愈率、降低致残率具有重大的现实意义。

② 作业疗法（Occupational Therapy，缩写OT），早期康复阶段主要是精细动作训练，涉及手眼协调的能力、用手指抓握物的能力和协调双手同时运动的能力，包括大把抓、对指捏和一些简单的技巧。

洋洋是个又白又胖的娃娃，长得水灵灵的，大眼睛非常漂亮。因评估不准确，体格太大，产程过长出现了缺氧。她的症状其实非常轻微，只是稍微有些发育迟缓。洋洋妈妈是一个瘦弱、美丽的四川女子，非常能干，小细胳膊独自抱着大胖女儿穿梭于各个康复项目中。但她穿着时尚美丽的衣服，洗漱化妆一点儿也不马虎，天天精神抖擞。那么多天，只见过她唯一一次情绪失控，是因洋洋头上被扎了 8 针仍未能成功打上点滴，她心疼地抱着孩子痛哭流涕，跟远在四川的妈妈倾诉。

子锐得了严重的脑积水，脑袋是平常孩子的两倍大，除了吃东西基本什么都不懂。她的妈妈高大、粗壮，是一个利索、平静、踏实的农村少妇，自己的吃用都极为简单，却把子锐照顾得周到、细致，丝毫没有凑合的意思。她精力非常旺盛，把周边的市场、商场摸得门儿清，总能趁孩子睡觉的时候，掌握恰当的时间购回物美价廉的新鲜水果，然后细细研磨后喂给子锐吃。无论白天多么劳累，晚上都必须把自己和孩子洗得干干净净、收拾得利利索索再睡。

小西是个一岁半的娃娃，从急诊部转来，因发热时打疫苗引发急性脑炎，当地医院又误了诊，孩子差点没了气儿。她的爸爸妈妈刚 20 出头，爷爷奶奶也不过 40 多岁，一家人精神抖擞。年轻的妈妈坐在床头，一边拿着摇铃逗引，一边说：“原来小西都可以自己抱着奶瓶喝的，现在什么都抓不住了，手握不起来，没有一点儿力气了。”显然，她对小西的病情和前方未知的考验尚没有什么预期，心思都在怎样跟打疫苗的诊所和误诊的医院打官司上。

浩浩是个东北小娃，没有任何意识和觉知，整天哭闹不已，必须不断给他唱歌听才能安静下来。姨妈和姑姑一起看护，夜里怕吵着大家，便总是带着抱歉的神色。浩浩妈妈是个当地小有名气的歌唱家，整天四处演出，爸爸做生意，整个住院期间都没有见过他们。有一次，大概是舅舅过来，戴着粗粗的金链子，非常土豪的样子，一把掏出一摞崭新的钱便往查房医生的口袋塞，说我们不差钱、捡最好的药给我们招呼着上，把年轻的小医生吓得掉头就跑。

毛毛是病房里唯一的一个大孩子，刚上一年级。她瘦瘦小小的，留着男孩子一样的短发，头顶密密匝匝的缝痕触目惊心。她妈妈是个特别爱笑，身材明显发了福，说话粗门大嗓，走路呼呼带风。但一聊起毛毛的事情，她就像变了一个人，眼泪汪汪的，脆弱不堪。毛毛是在操场上被一个六年级的大孩子撞倒的，一个多小时后见孩子说头疼，学校才通知家长接回，但没有告知实情。回家不久后，毛毛开始疯狂呕吐，送医院的路上陷入昏迷，待 CT 结果出来时血已流满颅内。好不容易捡回一条小命，智力和运动水平却大不如从前。“学校总找我想要私了，绝对不行，多少钱都换不回我原来的孩子”，她茫然地抬头望向远方，一串串眼泪默默流淌。

很多家长久住病房，跟护士已非常熟识，晚间值班时便经常聚在一起聊天。谁又跟谁借钱了，谁在附近找了个短工做，谁家的谁又抛下谁跑了等，八卦不断，好不热闹，俨然一个小社会。

走道里时常有一个妈妈大声训斥孩子的声音，女孩四五岁的样子，已住院一年多。有一次，一个年轻的护士跑过来教训她：“你怎么能责怪孩子呢？她要是能做这么好还用待在这里吗？你这样对孩子嚷嚷她不难受吗？有你这样当妈妈的吗？”那位妈妈崩溃大哭：“我有什么办法，她爸爸也不管，老让我们出院。就我一个人支持她康复，天天在这陪着，花钱流水似的，我容易吗？她却一点儿也不配合，整天不听话，不好好锻炼。”

有一天，小西的姑姑进来说，早晨隔壁病房发生了大事，那个孩子的爸爸半夜从窗户爬进来，抱着孩子一起跳楼了。这妈妈太可怜了，孩子治疗了一年多刚有起色，又给摔这么一下子，现在大人、小孩分两个地方急救，可要命了哦。隔壁一个妈妈站在走道里抹泪，跟另一个妈妈倾诉："你说就 1000 多块钱吧，要了多少次也一直还不了，我想着大家处这么久了，就别老逼她，你说现在出了这档子事，可怎么再跟她开口要？"

带小慢做检查时，需要穿过一个长长的通道，中间的空场上总是铺满了纸盒子，横七竖八地躺着各式各样的人。有一日，一群人围成一堆挡住了去路。上前看，发现地上丢着两个娃娃，双胞胎，一岁多的样子，一个坐着抱着一瓶已经凉了的奶在喝，另一个躺在毯子上半睡半醒。旁边有两个小包袱、半袋奶粉和一张字条，大意是孩子生病，无力治疗，求好心人收养。一位善良的阿姨蹲在旁边，另冲了一瓶热奶换给宝宝。报社的一个热线记者赶来，各种拍照。待我们回来时，俩孩子已不知去向。

类似电视剧里才见过的事情，医院里每天都在上演。见得多了才发现，我们的故事，不过像群众演员一样平淡。

这一拍数年的剧集才刚刚开始，我会是承担得最好的那一个吗？

当我们下定决心准备出发时，最困难的时刻就已经过去了。从当下的情绪中走出来，融入属于自己的康复圈子，寻得群体归属感，是特殊孩子家长最重要的一步。尤其在资讯四通八达的今天，他人的境遇和经验，往往能起到四两拨千斤的作用，瞬间吹散长久萦绕在心头的迷雾，照亮自己苦苦摸索、孤独前行的漫漫长路。

天天路过天安门——跑门诊

做完所有检查、确诊并稳定开始各康复项目后，我的休假期限也到了，小慢便由住院改为门诊。每天早晨，我把爷爷奶奶和小慢送到儿童医院后，再赶去上班。

开始时，在高压氧舱那里还能遇到一些小病友们，渐渐地，项目时间不再重叠，便与他们都失散了。但他们给我启蒙了最为重要的一课，那就是如何做好病娃的妈妈。

是的，我们都要面对求医问药难、排队治疗难、医资条件不足的现状，我们都要忍着心痛给孩子灌安眠药、做有副作用的CT、核磁检查，眼睁睁看着那小小的脑袋被针扎、按压，伴着让人心碎的哭声强迫孩子按摩、针灸、水疗、PT、牵拉筋络。而我们能“享受”这些折磨已然多么幸运，有那么多人都排不上队、入不了院。

这条路没有承诺、没有尽头，我们能做的只有一项又一项地奔波，一天又一天地重复，与时间赛跑。

我曾对机械类的东西一点儿都不开窍，学习开车时，完全是比着葫芦画瓢，对车子前后左右距离、角度的判断完全无感，自始至终被教练训斥，以致考下证以后一直不敢上路。有一天，大慢载着我们，到石景山附近的一家医院去咨询。半路上，他接到单位通知，要求全体人员紧急开会，一小时内到位，大慢只能把车子和老老小小都丢给我。当时导航还没有普及，车子还是手动挡的。我硬着头皮愣全程一挡拱到了医院，倒了二十几把才停进车位。也是在那天之后，我不再依赖大慢这个司机，求医问诊的路上开始独当一面。

不知不觉就驾驭了一直犯怵的车子，克服路盲学会了钻胡同、找小路。当然，被惩戒的概率还是很高的。尤其是，在小慢爷爷用他的自行车路线“导航”的情况下，经常迎头遇上警察叔叔那“慈祥”的目光，然后灰溜溜地、自知无用地把“着急带孩子上医院”的解释说上一番。

一个人的潜力是无穷的，当一件事情摆在面前没有退路时，唯一能做的就是动手去做。不试试，又怎能知道自己行不行呢？

那几年，适逢单位的预算工作自己一肩挑，各项改革又层出不穷，加班加点便是常事。曾很多次一个盹儿就冲着马路牙子横扫上去。有一次，把轮胎都撞得变了形，竟也不觉后怕。也经常在单位的电梯上瞬间盹了过去，然后去洗手间冲一把凉水，强打起精神。甚至，有很长很长一段时间，都不记得每餐饭菜的味道，吃饭成了匆匆果腹的一道程序。

漫长的康复过程，首先考验的是家长的定力。

当时，我利用一切可寻访的渠道，四处打听治疗方法。儿研所、儿童医院、北大妇儿医院、博爱医院、东直门中医院等，都去过。甚至，从不知名的杂志瞄到一篇脑干细胞移植的文章，也会跑去那间医院问诊。

后来，看到一篇庸医用“摇头功”按摩、将孩子致残的新闻，回想自己那段时期病急乱投医的经历，不禁非常后怕。所幸，我们一直在正规的医院，采取相对保守的治疗方式，才不致贸然尝试。

多年后，工作原因，每天经过天安门，长安街与10年前一样拥堵。窗外，广场上亦是永恒如潮的人群。

他们穿戴体面、体型圆润，明显带着小城富足生活的痕迹。幸福总在远方，在不属于自己的地方。所以，他们走出家门、来到都市，看得见一切繁华与壮观，却看不清那些拥堵和迷茫。他们给自己的孩子指指点点，以为寻得了幸福的真相，企望他们能拓展视野，长大后走向远方。

曾经的自己，不也是其中的一员吗？

我不知道在那一群游客的眼中，北京到底是什么样子的？会不会也有一个或数个小孩，因这一趟旅行而起心动念，改变之后数年或数十年后的命运，然后又把它变为一个标点，远远地甩在身后？

失神间，导航仪温柔的声音响起，在早高峰拥堵的长安街上，提醒着“前方测速，注意探头”。虽有点儿多余，但这一路，毕竟是踏实的。

在人生的道路上，又有谁会这么周到地提醒呢？我们得一头扎进热气腾腾的人世间，一时一境一心一意地亲自折腾，方才品得出万千滋味，并懂得珍惜起来。

恰如小慢之事，从最初的懵懂、后来的迷茫，到如今的平和，如若不是这一路的坚守，又何以抵达心灵丰盈的境界。

风景依旧，我心笃定。人们依然在路上，人们永远在路上。

站着吃——北大妇儿医院

就这样，小慢确诊后，我们在康复路上躬身而行，一路寻求。也曾无数次陷入僵局，又不断识局、破局，停滞、进展。

如今回首，也不全是断臂扼腕的痛楚，亦有哑然失笑的生活幽默。

有那么两年时间，我们在北大妇儿治疗。康复资源非常紧缺，能在门诊排上号已然非常幸运。即便每周只能排上几次，每次只有一个小时，也已非常知足。

路远、车位紧缺，我们一般都是很早就出发。宁愿到了等着，也怕错过宝贵的就诊时段。

康复室也就 20 多平方米，挤满了大大小小的孩子。有像我们一样早到等候的，有正在康复的，也有练完以后由家长继续加练的，还有常驻医院、租住在附近的，白天泡在康复室，全天候“折腾”孩子。

人类作为一种群居生物，最需要的是群体归属感。

久住医院的人应该都有体会，病房就是一个小小的社会，没几天大家便彼此亲近起来，很自然地形成一个圈子。同类病患的共同话题、同为天涯沦落人的惺惺相惜，加之互相取经、安慰和鼓劲儿的陪伴，这里，成了独属于家属和病人们放松身心的安全庇护所。

我们的康复室，就成了这么个小小港湾，大人和孩子们都愿意待在这里，感受短暂的放松和希望。大家在一起时，大人们聊聊天，孩子们比比赛，气氛总是非常快乐、祥和。

小病友中有一个河南的小女孩，一直由姥姥陪着，已在康复室“泡”了一年多。女孩聪明听话、非常漂亮，症状也不算重，康复成效很好。姥姥非常朴实，虽然操着浓厚的家乡方言，但丝毫不妨碍她自来熟地四处聊天。久而久之混熟了，大家竟也能“听懂”她的话，独创出一番对话的语言体系来。

这么多孩子在一起，必然吵闹，尤其是小龄儿。医生为了哄孩子们听话，也为了激励，便经常拿一些吃食来“引诱”。

一天下午，有人带来了一种进口的渣渣糖，非常稀罕。孩子们都想获得奖励，便铆足了劲儿全力以赴。小女孩从一早就开始锻炼，到了下午体力明显不行，很快就落到了后面。姥姥心疼孩子，怕她得不到奖励会眼巴巴地瞅着难受，但碍于面子又不好意思去讨要，便恨铁不成钢般地罚她继续练，不许停下来。

后来，医生按勤奋奖也给了小女孩一颗，她高兴坏了，开心地坐下来，迫不及待地打开就往嘴里塞。医生赶紧喊：“哎，姥姥，你让她蘸着吃！”结果，老人家麻利儿地一把揪起孩子，大声嚷嚷道：“快，站起来，医生让你站着吃！”大家哄堂大笑，医生特别无语，说，“我是说那个糖要蘸着渣渣吃，不是让孩子边练站边吃啊！”

是的，这就是我们当时的常态。

家长们永远紧绷神经，干什么事情都琢磨着是否可以兼顾康复。漫漫求医路，前景未知，每一分、每一秒都不舍得耽误。

站着吃，其实代表了我们10年路上常常需面临的考验。

要知道，想让贪玩懵懂的小人儿，像一个超有自制力的成年人一样，每天自觉自愿地接受繁重、枯燥的康复训练，是一件比登天还难的事情。爱与怨、急与缓、心疼与苛责，是每个家长每天都面临的考验。

为了寓教于乐、把康复有效融入日常生活，大家的脑洞简直都开到了极致。站着吃，实在是太平常不过的事情。

时至今日，小慢都经常绑在站立架上写作业，上视频课、看书、看影片时更是如此。每晚睡前，都会用沙袋压着腿听喜马拉雅或微信公众号上的读书节目，以充分利用所有的时间，兼顾学习和锻炼。

有一段时期，我们集中锻炼小慢的双臂支撑力。小慢无法独立完成，需要一个人在后面托起她的双腿、双手稍微在肚皮下给些助力，另一个人在前面想办法吸引她的注意力，让她用双手撑起身体、抬头看上方。锻炼的时候，一般是爷爷在后面，我和奶奶轮流在前面逗引，想方设法拿各种玩具，弄出不同响声和造型，创造出百般好玩的"歌伴舞"，逗各式各样的乐儿。

记得当时对小慢最有吸引力的是《济公》那首歌，"鞋儿破、帽儿破、身上的袈裟破……"我和奶奶身上常常披挂得乱七八糟，像疯子似的，脚踩着节拍，在她前面转圈儿、拍手、挥舞。有时，趁晚上都在家时，在小慢睡前也会抓紧时间练上一会儿。

一心想让小慢多锻炼一些，我们也无暇顾及其他。有一次，楼下的邻居上来控诉，带着"你们家人是不是有病"的眼光问："为什么你们家总是这么吵，经常又唱又跳又喊的？”爷爷奶奶特别尴尬，也没有办法跟人家过多解释。

后来，在石景山的一家医院，我看到一位妈妈在大厅里铺了一个巨大的垫子，身上披了好几条色彩缤纷的丝巾，正旁若无人地对着宝宝唱唱跳跳，还高举着一个铃铛晃来晃去，诱导他练习转头、追物。

突然从旁观者的角度看到我们自己的样子，不禁莞尔。心想，所幸邻居家里没有一个透视镜，不然穿过天花板看到我们的样子，一定会坐实我们有精神病的论断吧？

是的，当时就是这样的。

而这一段，也成了日后小慢康复时，最常拿来打趣的故事，每次都能让她开心得大笑不止，变得更加积极起来。

放眼岁月长河，所有过往，都已流逝。心酸也好，尴尬也罢，不过是兜兜转转后历练的一身本领，是突破困境后成就的达观心态，是面对未来时永不放弃的那份勇气吧！

扛住了，挺过来，沉淀的便是岁月馈赠的厚礼。

邂逅晨光康复中心——新的尝试

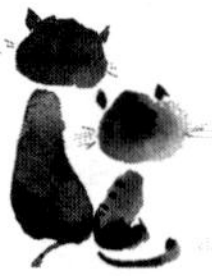

很长一段时间，我给自己的定位就是：“埋头苦干，不问结局。”一切有关未来的考虑，都待小慢 6 岁以后再说。在此之前，只管抓紧一切时间治疗。

在儿童医院的门诊又做了一年康复后，我们转到了北大妇儿医院。

当时遵循的是传统的保守治疗理念，所有项目严格按孩子自然发育的顺序开展，以确保不会出现因过早负重而产生的力线不稳、骨骼变形等问题。比如说，如果脖颈力量不足，就不能练习双臂支撑力和腰背肌力①；如果上身的力量尚未突破，就不能练习坐、站、行等方面的项目。

所做的项目也大多是被动性练习，主要由家长辅助孩子完成。比如，辅助着练习抬头和双臂支撑力，在孩子保持长坐位姿势②时用手掌推揉腰椎，爬行时协助推脚，等等。

小慢的整体肌力很弱，双腿肌张力③高。由于胯骨、膝盖和脚踝部位的关

① 腰背肌力，是指肢体做随意运动时肌肉收缩的力量。

② 长坐位姿势，是指双下肢在身体的前面，双侧髋关节稍微外展，膝关节伸展时的姿势，有别于端坐位。

③ 肌张力，是指肌肉静止松弛状态下的紧张度，是维持身体各种姿势以及正常运动的基础；而肌张力高则表现为下肢伸直、内收交叉、呈剪刀状，严重影响腿部运动功能。

节松弛，很长一段时间都集中解决上肢问题，迟迟不能向下进展。康复是慢工，每一个动作的突破，都起码要成千上万甚至百万、千万遍的重复与积累，才有可能刺激建立起一种新的神经回路。

上肢问题终于有所突破后，我们开始介入下肢的一些锻炼，主要是练习跪位和站立的稳定性。基于小慢关节松弛、肌力弱的情况，开始时要定期定做，更换矫正支具[①]进行支撑，予以辅助。最早是长及大腿的长支具，就像装了一个假肢一样，强力支撑。那种支具脚踝部位是死的，膝盖部位是活的，站立时卡住，坐下时再松开。

就这样，小慢慢慢地可以站立起来了。

提升到这个平台以后，康复再次陷入瓶颈。由于各种项目比较枯燥、机械，精准性要求较高，小慢一直处在被动练习的状态，效果并不是很理想。加之长期往返医院奔波，大量时间耽搁在了路上。

小慢 5 岁时，我决定再次寻求新的康复资源。适逢北京市政府持续把残疾儿童康复工作纳入民办实事计划，出台了一些康复费用补贴政策和服务定点机构政策。我从网上搜索到距离相对近的一家康复机构，叫“晨光脑瘫儿童康复中心”，是朝阳区残联所属的公益性机构，便带着小慢前去探寻。

刚到那里的时候，印象并不太好。一个荒废了的别墅区，堆满杂物。从一片杂草中钻出来一个人来招呼我们，穿着工服，脏兮兮的，像个木工，一口浓重的湖南普通话听起来像要吵架一般。聊了一会儿，得知他竟是康复中心的主治医生梅大夫，高级康复师。当时，康复中心刚刚挪入新址，正在搬家。一砖

① 支具，是装配于双腿的、取模特制的一种辅助器具，其目的是为了预防或矫正腿部、腕部畸形或治疗骨关节及神经肌肉疾病并补偿其功能。

一瓦、一草一木，都是他和张院长以及志愿者们亲手弄起来的。

康复中心大多是住宿的孩子，还有梅大夫夫妇二人收养的一个孤儿。他们自己的孩子也常年生活在那里，跟孩子们一起长大，小小年纪就已然学会帮着志愿者们照顾孩子们。

一到周末的时候，大批的志愿者便会过来，他们大多是外企白领和高校学生，其中不乏精英，也偶有明星或公众人物前来捐赠。志愿者们每次来了都会帮忙把孩子们带到户外晒太阳，跟他们聊天，带他们玩耍。有的孩子病重，衣着名牌、头发梳理得时髦前卫的小伙子们也不嫌弃，或背或抱笑哈哈地、二话不说就上手。孩子们的被子也一床一床地抱出来晒晒，有个个头娇小、瘦弱的小姑娘，长发披肩、高跟鞋嗒嗒地，也一样抱上两床，一趟趟地从两三层的楼梯上小心翼翼地下来。给孩子们带各种吃的东西是经常的，有时还会组织集体包饺子或烤肉串活动，给孩子们改善生活、增加欢乐。由此，很多孩子周末都不肯让家长接回去，愿意再逗留一天，只为跟熟悉的哥哥或姐姐们相聚。

那里的训练器材有很多都是自制的，即便是买来或者捐赠的大器材，也都被各种改造，很不上档次。但深入交流以后，才发现有各种用心和创意在里面，是真正康复融入生活的理念践行。

梅大夫的康复理念是，孩子的大运动功能必须强化刺激、抓紧练习，否则错过黄金康复期，立线保护得再好，也难以突破了。另外，必须坚持大幅度牵伸筋络，提升力量与降肌张力同步推进。

针对小慢的情况，他建议六岁先不要上学，晚一年，让她增大活动量，提升到一定程度再说。

于是，我们跟着梅大夫设计的一套康复计划，开始了全新的尝试。

“埋头苦干，不问结局”是经我们多年实践，总结出来的最有力的法宝。当人生出现卡点，命运无法做出更多预设时，不妨就“短视”一点，埋首到当下每一刻可做的事情上来。

在康复的路上，没有最好的，只有更好的。随着时代的飞速进步，很多新的政策、理念和途径都如雨后春笋般破土而出。无论是教育方面还是治疗方面，多转变思维、多关注、多打听、多寻求都是最基本的功课，没准不经意间就能柳暗花明，寻得当下困境的破解之道。

勇于试错——康复理念的思考

回顾带小慢辗转的几个地方，无论保守还是激进，康复理念其实并不是最重要的，毕竟这一较新的医学领域还处在探索阶段。除了物理康复，脑干细胞移植、跟腱切除术等方法至今仍有很大争议。

寻诊过程或许会走很多弯路，但唯有尝试，才会发现各种可能性。这一道理用在孩子自身的锻炼上，同样适用。

梅大夫给我们灌输的理念是：不要怕孩子犯错，她又不是机器，怎么可能严丝合缝地按着一套标准，分毫不差地去练习呢？必须让她去犯错，然后大人想办法给她辅助，让她在亲自体验的过程中掌握运动技巧。

想来也是，我们大人自以为能够做到的很多事情，实际上有些也从没做到，不然就不会有那么多打卡活动的存在了。用苛责的标准来要求孩子是不公平的，孩子年龄还小，有偷懒、懈怠、健忘等表现都很正常。不能因执着于动作的标准，而忽略孩子的成长发育过程，总拿放大镜去评判孩子，不允许有一丁点儿的失误。

面对孩子的不配合，家长们一般都会着急，用说教的方式唠叨，但收效甚微。

有一次，看到一位妈妈气坏了，拳头儿使劲抡向孩子的屁股，最后，大人、孩子一起哭作一团。很理解这种心情，家长辛苦操劳，花费大量的精力和资金带孩子康复，总希望孩子的状态能保持最好，取得最理想的效果。但是，僧多粥少，能排上的康复时间有限，而孩子的状态总不在线。孩子不懂，自顾自地情绪化，活在小孩子自己的世界里。大人干着急，有力无处使。这时，就考验医生的责任心和因材施教的能力了。

比如刚开始练习走路的时候，梅大夫自己发明了一套跑步机配套器具，能让孩子有效实现双腿分离，控制上肢姿势代偿。这项运动主要是为了提升身体体质和肺活量，孩子会非常累。小慢自然也会懈怠，走一会儿就没劲儿了，任由自己趴在架子上，撅着屁股弯着腿，拖拖拉拉地走。

梅大夫就在一边观察，然后弄来一堆用床单扯成布条拧的粗绳，把孩子的屁股系住往前拉，捆在前面的架子上，解决了撅屁股的问题；再把孩子的双膝各系上一根绳子，让家长从后面跟着节奏，协助拉腿，促使膝盖蹬直。我们就是用这种方法，看着小慢从 0.5 带速、拖拖拉拉、不成样地走几分钟，到 0.8、1.0、1.5、2.0 直至 3.0 带速，一口气快走半小时以上。

类似的强化练习还有很多，比如每天牵伸双腿各个方向分别几十下、单膝跪站起每次 100 个、仰卧起坐每次几十个、伏地挺身每次 50 个、站立单腿绑沙袋抬腿各 50 ~ 100 个、单膝动态跪姿各 50 ~ 100 个或静态维持、四点爬行、跪立行走或扶双杠行走、坐位站起或蹲站起、扔球 100 个等。不同阶段根据情况，这些项目交叉进行。

通过一年多的强化锻炼，小慢的全身力量、下肢肌力、左右分离和协调等都取得很大突破，运动的主动性也大大增长。

针对伴随力量增长出现的肌张力上升及异常姿势问题，也需要很多项目辅助练习：长坐位（床上或垫子）挺腰上举双臂，主要是克服驼背以及作为臀部在背位前面的异常姿势；俯卧蛙式牵拉，类似于成人瑜伽的经典动作；上肢腾空小燕飞 50 ～ 100 个，主要是增加上肢力量，并拉伸双臂肌张力；单膝重心转移蹬腿并打开髋关节；按摩背部脊柱两侧肌肉并按压髋部等，不一一赘述。

由于量太大，时间不够，我们一般根据小慢的心情，捡主要项目轮换着做。按摩、牵拉跟腱和下肢整体牵伸是保留项目，每天必做。所以，小慢腿部一直没有出现肌肉萎缩的情况。

除了到晨光康复中心锻炼，我们在家里也购置了各种康复器材，坚持家庭康复和机构康复双管齐下，将康复与生活结合起来，寓教于乐。

正是得益于那段时光，小慢的身体才有了质的提升，为 7 岁时顺利入学打好了基础。

时至今日，关于康复的种种，我们仍在不断回顾、总结和反思。

有一次，中康的王主任跟我聊起他近年来的一些思考：康复的目标到底是什么？与传统的医学学科有什么不同？多年来大家都陷入一种固有模式，比如孩子腿有问题就研究各种锻炼方法，集中力量练腿，但有没有想过，如果孩子的神经损伤是有“康复天花板”的，为何不拿出一部分时间和精力去锻炼他的上肢、整体、智力、思维等方面呢？神经损伤的孩子最终需要的是自理能力和综合能力，而不是致力于去解决某一个肢体部位，让它最大化地接近健全。

这个问题，其实也一直是我们纠结的。毕竟，时间和精力是有限的，鱼和熊掌不可兼得的难题时时都需要面对。

上学前，我们集中全力锻炼小慢的双腿，对上肢的锻炼微乎其微，以致她精细动作和写字速度都有所受限；上学后，试图兼顾康复和学习，把孩子弄得疲惫不堪；高年级后，曾一度优保学习，耽搁了康复。

我们总试图找到最正确的方法，却又总是在不断试错中得以领悟。

小慢五年级暑期前夕，看着她因青春期迅速发育而急剧长高的身体，以及肌肉力量跟不上而日益弯曲的双腿，我们果断地舍弃原本计划的PET（英语等级考试）冲刺和旅行，入住博爱医院集中锻炼。那里很多小娃的家长，都极其喜欢懂事、聪明、小大人一样的小慢，纳罕地问我们为什么没有早点儿让她住院治疗？

尽管住院治疗期间，也发现有很多效率不高、浪费时间、项目不适用等问题，但看着那些小娃，我还是一度反思、纠结。如果这些年，我们一直住在医院，小慢会不会康复得比现在更好一些呢？虽然我们定期到门诊接受指导，在家里做的锻炼也不少，甚至比医院能排上的项目还要多，但更集中、专业的方式会不会成效更加显著呢？

没有人告诉我们答案，唯有往前走、往前走，一路摸索着继续往前走。

只要今天好过昨天——走出困境的心路

一

2018 年 2 月，《大象席地而坐》被评为柏林电影节的最佳影片，而影片的导演胡波，一位 29 岁才华横溢的帅气大男生，却未能上台领奖。他在得奖 5 个月前的一天，在楼道里自缢身亡，没有任何遗言。

最黑暗的时刻，有时候，往往不是因为穷困，不是因为劳累，也不是因为无力，而是因为没有希望，不知道天亮以后的模样。

在 2006 年那个冬天抖作一团的我，就曾看不到希望。

被抑郁情绪困扰难挨的那几年，我内心跟自己说：就 6 岁吧，如果到 6 岁小慢还没有起色，就带她一起走，离开这个痛苦而又看不到尽头的人世间。到最后，自己干脆就把最终了结当成了一个心理安慰的工具。在每个困境的当下，告诉自己：等努力熬过这一关，我就放心了，然后就去死。

那几年，日子被推着往前走，哪有那么多时光用来说“我不会”“我不行”“我害怕”“算了吧”，“埋头苦干，不问结局”成了一种信仰。一个问题接着一个问题，像老母鸡一样，拼尽全力应对捉小鸡的老鹰。兜兜转转间，日子就过去了。

命运，让小慢总在每一关都留下一个新的难题，让我每次都能重整旗鼓，迎头而上。就这样，被拖曳着爬过了一个又一个山坡。

12年后的今天，当我向小慢唏嘘胡波的故事时，她竟跟我说：“死是多么可怕的事情啊，如果死都不怕，还怕活着吗？”

一句话听得我热泪盈眶。

如若10年前，任由自己的情绪沉沦，恐怕我都没有机会去感受这个小生命成长的奇迹，无缘看到而今她青葱少女的模样了吧？

二

小慢小的时候，每天下班后，有限的几个小时里，有着必做的功课。

譬如，练习站立20～30分钟、劈腿牵伸30分钟、四点支撑10分钟、拉起10分钟、爬行30分钟，中间穿插着喝水、吃水果、嬉戏等。喂饭和我自己吃晚饭的时间约30分钟，临睡前洗澡、喝奶、讲故事、唱歌等准备约30分钟。一般临睡前，还有一番亲子活动，一起在床上笑闹、翻滚。

那时，最怕小慢生病跑医院。每次，看着别的小娃两三岁就可以由妈妈一人带着，无论验血还是打针，妈妈一手拎包、一手照应，小小儿乖乖跟在后面就全搞定，我就会羡慕不已。而我们，必须至少两个人，由一个人专门抱着孩子。即便小慢大一些能走路了，也得两个人陪着，因为一个人要腾出一只手牵着她。

后来，有一个同事，孩子的脚被车碰伤，打了石膏。每天需推着轮椅送孩子上学，把他背上三楼的教室，下午还要请假赶过去接。没出三天，这个一米八几的壮硕大汉便已然崩溃，忍不住跟我们抱怨。他说，首先，是体力上的问题，三两天还行，想到要好几个月天天背着这 80 多斤上下楼，就真心犯怵；其次，是孩子的心理问题，他怕同学嘲笑，根本不肯用轮椅，也不肯练习拐杖。“你们说，我能天天陪在那儿，干什么都背着他吗？”

他说，以前很难体恤我们的不容易，现在深深理解了我们的艰辛，亦惊诧于我们多年坚持的毅力。

其实，他这点感受于我们只是冰山一角，365 乘以 10 的概念是什么？何况，他这是暂时性的、百分百确定可以解决的问题，而我们面对的，却是无期的、未知的宣判。

有时，落在一个人一生中的雪，他人未必能全部看见。每个人都只能在自己的生命中，孤独地过冬。

后来的我慢慢走出，杂念越来越少。当只是专注于事情本身的时候，才发现那些悔恨与恐惧都是自己内心生发出来的妄念，毫无意义。我不能在漫长的岁月里，日复一日、放任思维去想象那些未知的艰难和失望。我只能告诉自己：把握当下的每一个今天，让自己尽可能地乐观、积极、付出，不留遗憾；让小慢尽可能地快乐、舒服，时刻感受到妈妈的爱。

黑夜与白昼交替，每一天都是一个新的开始。小慢也在我们的坚持下，一点点地提升，回馈于我太多美好和惊喜。

小慢 9 岁时与我共读《成大事者不纠结》，看到曾国藩所言“当读书，则读书，心无着于见客也；当见客，则见客，心无着于读书也。一有着，则私也。灵明无着，物来顺应，未来不迎，当时不杂，既过不恋。是之谓虚而已矣，是之谓诚而已矣”这段话时，让我详解。

我不禁感慨，自己当初“埋头苦干，不问结局”的战略，何尝不是与之有着共通之处？我便跟小慢谈起那些年自己的心路历程，她一直紧紧地抱着我，跟我说：“妈妈，你放心吧！我一定会凡事学会转念，好好珍惜自己的！”

自此，她竟牢牢记住了“未来不迎，当时不杂，既过不恋”的理念，每每在纠结或担忧考试时，都会拿来自我开解一番。如今回首，一路走来，苦心没有白费。

今天是昨天的明天，埋头苦干、不问结局，摒弃所有杂念、专注当下，扎扎实实、稳稳当当地迈出每一步，一天一天、日积月累，让每一个今天好过昨天便好！

三

小慢 10 岁的时候，各方权衡，我们把学习的权重暂放到了第一位。陪她上课和学习，大段的时间便空闲出来。我决定认真练笔，加入了微信的一个写作群，每天打卡一千字。

那一阵子，感觉日子过得飞快，忙碌而又充实。经常一边做饭，一边收听一档自己喜欢的读书分享类节目；在地铁被挤成肉饼的间隙，斜着眼睛瞄一路的电子书；在路途上，用语音文件随时记录下迸发的灵感，再择机使用网络笔记软件整理成单篇；陪小慢上课的间隙，带着电脑在空教室或咖啡馆，给自己来一场文字的盛宴！

一天天过去，慢慢积累下来，自我成就的感觉越来越好。这种状态无疑也感染了小慢，她也常常拿着学习机，像模像样地用语音创作自己的《小人国》故事，并学会了在我认真写作业的时候，悄悄地安排好自己的学习和生活。

有一天，陪小慢睡下后，我照例拿出手机，翻阅写作群的信息，并准备开始写作业。

突然，她翻过身来，问我："妈妈，你是想写一本书吗？"我仔细想了想，说："写一本书，确实是一个非常诱人的目标哦。可是，妈妈要看情况再定。""妈妈，那你想好了就一定要好好写哦，要想享受得到的快乐，就要付出艰辛的努力。"

我不禁笑了，这不是我刚给她讲的道理吗？

"妈妈，如果你写不下去了，也一定要坚持哦！我支持你！"这小家伙竟然还没有睡着，过了一会儿又翻过身来说话。算了，反正已经放假了，索性就再跟她聊几句吧。"你怎么感受到的？妈妈还真有点儿写不下去了呢！"

"我悄悄观察你，发现你眉头锁住了，你每次力不从心做事情的时候，总爱做这个表情。"

哦，好吧，她总会让我出乎意料。"嗯，是呢，妈妈进了这个写作群，就像来到一座高山前。发现自己平时溜溜达达、随便走走还行，现在身边这么多能跑、能爬的，瞬间觉得自己功力太弱，需学习和锻炼的地方还很多呢！"

"哦！"过了半天后，她又补了一句，"你不是经常说，今天是昨天的明天吗？你只管写就行了，等今天成为了昨天，你就又进步了一点点。"

然后，她就沉沉地睡着了。

我却激动得久久无法入睡，为她贴心小棉袄般的温柔，为她如此精准的理解力，为她天赐的语言天赋，为她迅速的成长，更为她带给我的太多意外和欣喜。作为妈妈，我并不是因她取得的好成绩而欣喜，而是因她快速成长、开始懂得得与失之间的人生小道理而欣慰。

“只要今天好过昨天”，这是多么熟悉的话语啊！曾一路支撑着自己陪伴小慢康复的信条，而今竟成了她安慰和鼓励我的工具。

看着她睡梦中的笑脸，我突然觉得，内心充满了力量，好像自己也是一颗刚刚苏醒、发芽的种子。

第四章

十年很短　一天很长

如果再来一次，那日，站在小小的玻璃暖箱旁，看着那双黑亮的眼眸，我还是会义无反顾地选择不抛弃、不放弃。站在断崖，虽被告诫前方一片黑暗，仍闭上眼睛跳下去。因为，相信这份神秘的链接，足以抵挡任何未知的恐惧。

何况，我听着一路风声，看到了不曾体验过的四季风景，感受到了生命的神圣！十年走来，所感受到的欢愉，足以弥补所有付出与缺憾！

一年后的今天会是怎样？

两年后的今天会是怎样？

三年后的今天会是怎样？

……

十年后的今天会是怎样？

十年后，我不知道它会怎样，但我相信，只要日行当行之事、摒弃杂念，我们就一定能把它变成更美好的模样！

十年很短，一天很长！

那些年的盔甲与软肋——十年回顾

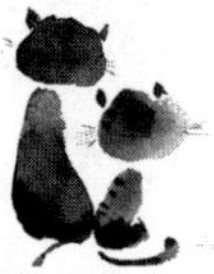

正常情况下，我下班之前，小慢已经被爷爷接回家，吃了点心和水果，完成了腿部牵拉，绑在站立架上、敷着蜡疗袋做作业。我回家后，接过奶奶的接力棒继续陪她。顺利的话，饭前还可以完成英语单词和口算的打卡。

吃饭时间一般较长，也不会过多催促小慢，因为我们很享受一家人这短暂的交流时光。大多时候，小慢是主角，分享学校的事情，兴奋不已地叽叽喳喳，大人们偶尔才能插嘴聊一下健康、社会、娱乐八卦等话题。

晚饭后老人去散步，我们先做一篇小计算的练习，接下来便是锻炼了。任务计划制订得很饱满，包括小燕飞 10 组、杠铃 20 个、跑步机或踏步机 20 分钟、拉力器 10 个、仰卧起坐 30 个、抬腿若干，等等。

但“理想很丰满、现实太骨感”，即便是由大慢陪着、爷儿俩在鸟语笑闹的游戏状态下，或者我们各种角色扮演、舞台剧般娱乐的状态下，最多也只能完成三四项。一是时间实在太紧张，二是小慢同学着实有点儿“小慢”。

然后，9 点整我们边听“得到 APP”上的节目或英语音频节目边洗漱。偶尔，小慢也会播放她喜欢的各种歌曲，随她兴致。洗漱后，换衣服、躺下、绑好蜡疗袋、压上沙袋、盖好被子，在这一气呵成的系列动作过程中，小慢自己完成英语阅读的打卡，调出“凯叔讲故事”“诸葛学堂”“花生酥作文”等文学资讯类公众号来播放，然后关灯、道晚安。我和大慢骑车或乘车回家，爷爷奶奶收拾好以后，帮小慢取下沙袋，她再踏实入睡。

这便是我们当下每一天的某些时段，很充实、很忙碌。但我们彼此陪伴，辛苦并快乐着。然而：

1 年前的今天不是这样。

2 年前的今天不是这样。

3 年前的今天不是这样。

……

10 年前的今天更不是这样。10 年前，也看不到今天的模样。

回望心路历程，那些如实的记录，让我清晰地看到，一路所听、所看、所遇见、所思考的种种，是如何慢慢留下特殊的痕迹、烙在心底，成为了独有的盔甲和软肋。

一

2008，2 年了。

我一直默默祈祷，如果可以，愿用自己的一切哪怕是生命，来换回小慢的健康！两年里，我们一起度过忙碌、紧张的每一天，不曾有丝毫懈怠。

小小的她，默默地接受一切安排，失去了很多童年的快乐时光。她一直相信我说的：“你从天堂来，路上遭遇了狂风暴雨，而妈妈没有保护好你，让你的翅膀受了伤。”

她一直坚定地认为，只要努力坚持，自己就能够走起来，就能够去很多地方做很多事，比如去游乐场、动物园、旅游、上学等等。尽管这些也是我的期待。一直希望多带她出去，但又一直纠结时间的取舍。每次只要安排的事情稍微多一些，力不从心和焦虑感就会侵袭我，“凶妈妈”就会现身；每次只要遇到挑战我们能力的事情，“苛责妈妈”就会现身。

很多时候，当我拒绝她的要求时，她会问为什么我们不能去？我跟她解释，因为我们要做康复，耽误一分一秒都不行。其实，还有一个解释憋在心里：如果我们去了，痛苦或许会比欢乐多。

因为，人间真的没有天堂美好，能顾及我们的感受和需求的地方太少了。我们无法参加那些正常的项目和游乐，无法参加她就体会不到其中的乐趣。比如，大大的充气城堡不让大人进，她又独自玩不了。对于这种特殊需要，很难跟她解释为什么不能协调。

总在想，是不是选错了路？如果不是极力“抢救”她的肢体康复，而是在大致维持的情况下，尽可能多地四处游玩，她会不会感受到更多幸福？这种“抢救”与维持，对于她的肢体康复会不会并未有多大促进，反而浪费了她宝贵的童年时光？

没人能给我答案，医生也不能。

所以，我的选择，决定了她的人生。

尽管付出总有回报，她总在进步，但进进退退、前程渺茫，总让我不时地丧失信心！我总觉得我可以做得更好，但总做得还不够好！

我努力去坚强、去乐观、去故作洒脱、去经营我们的小天地，但是，下一步我该如何面对她一天天长大拓展的需求和一天天成熟敏感的心呢？

有时，她听《橄榄树》会说：“小慢要回自己的故乡去，我的故乡在天堂，那里很美好。”她很累的时候会说：“我不想走路了，不想上学了。”她经常细声细语地问，“妈妈，我什么时候能走路啊？”

当然，深受我伪装的“阿Q精神”感染，她很快就会调整好状态，再次高兴起来。但这种状态，还能持续到什么时候呢？我怎样才能更加强大，给日益成长的她更多引导和呵护呢？

如果可以，让我到她的故乡去吧，唯愿换回她的健康！

二

2010，4年了。

偷眼瞥她的眼睛，长长的睫毛轻轻颤动，慢慢地、一点一点覆盖下来，犹豫间又猛然睁开，微微四处环顾，复又一点一点落下。终于，抵挡不住沉沉睡意，慢慢合拢，像翩飞的蝴蝶悄然沉迷于喜爱的花朵，世界归于一片寂静。

轻轻挪开她的小手，忍不住亲亲小脸，轻轻盖好单子，躺好。忍不住再转头看看，那么美好。心一下子变得踏实、安宁。

眼角不禁泛出微微泪光，我知道，那是幸福的滋味。

如果，一切都如睡梦时这般，多好！在这里，她是幸福的、快乐的、轻松的，没有被强迫的超强度训练，没有诸多繁杂的限制和制约，没有面对未来的无尽压力。

每天醒来，给她一个微笑，她都会报以更加甜蜜的微笑，像朵花儿瞬间绽放，看了心都会融化。把她揽入怀中，轻轻抚摩她的小肩膀，温馨甜蜜。有时，她会故作傲娇，猛地转过身去，小裤衩上小猪图案的尾巴正对着我翘。“小懒猪，起来啦！”重揽过来，复然。

突然明白，无论生活呈现怎样的面目，她，永远是我心灵的港湾。

虽然，从她来到这个世间，痛苦与艰辛便一直相伴。每一天都是周而复始、满负荷的康复训练，玩乐是短暂而奢侈的事情；受行动限制，外面的世界于她，遥远、陌生又充满向往。但她小小的身躯却蕴含着巨大的能量，她的隐忍与坚持、小小抗争与叛逆、乖巧与聪明，无时无刻不打动我的心。

有时忍不住会想，如果没有了她，我的生活能否安然回到原来的轨迹，真的去实现诸多所谓的梦想，还是会陷入一片混沌，不知何去何从?

我想，肯定是后者，因为她已扎根我心，统领、驯服了我，让我甘愿此生唯她为重。

偶尔，那种感觉还会回来，自己孤零零地漂浮在墨黑的大海上，幻想出的太阳光芒已无法继续温暖疲惫的身体，陷入绝望，却无法释放、无以依靠。内心深处孤独、无助，感觉世上无一人可将自己支撑。

电话里跟父母宣泄一通、向姐姐寻求慰藉、与知心朋友尽情倾诉等，都不能解决根本问题。释放后，只会加重内心深处的无助，只会带来无穷无尽的空虚和失落感；现实问题还是会迎面扑来，没有任何人可以分担。

自从有了小慢，才发觉，以前忽略的很多都再也无法忽略，世间很多事情都不在自己的掌握之中。很多事情，不是努力了、付出了，就一定会有回报。这种无从把握、力不从心的感觉，足以摧垮一直苦苦支撑自己的一切信念。

我知道，小慢的疾病，是自己心头永远的伤疤。外在伪装的轻松和微笑是盔甲，未能防卫，反增负担。

4 岁以后的小慢，经常生病。30 岁以后的我，亦越来越觉得体力透支，凡事力不从心。繁重的工作压力，也让自己周期性地犯“职业病”。每次预算工作阶段性完成后，强撑的体力都会崩塌，发烧、感冒，病毒汹涌而来。常常，俩病号耗在一起，痛苦无法言述。每次病倒，都是暗无天日的一段日子，半夜奔赴儿研所，折腾到凌晨是经常的事儿。默默承受着头疼欲裂、快要崩溃的痛苦，面对小慢的哭闹无助且心疼。

身体损耗厉害，也影响心情。本来就是做事认真的急性子，这几年在努力工作和照顾小慢之间奔波，每天打仗一样抢时间，陀螺一样运转，说话快、做事快、社交少、交流少，错失了很多，也带来了很多负面的问题。

决定尽快好好调整，小慢的问题毕竟不是三两年就能解决的，更需“风物长宜放眼量”，要从漫长的一生来规划。所以，首先自己应该慢下来、安静下来，做到真正的平和、淡定；要锻炼好身体，以保证今后能有充足的体力陪伴她；应该读更多的书，提升眼界，而不是纠结于眼下的琐碎和烦恼。

我知道，改变是件很不容易的事情。但，为了小慢，我一定可以做到！

三

2012，6 年了。

喜欢和小慢在一起，总想尽量多点时间跟她待在一起，恨不能时时刻刻陪伴在她身边！

下班后，环过四分之一的北京城接上小慢，再环过四分之一的北京城奔赴郊外，去做康复。她跟奶奶说：“我妈妈强迫我去的那个地方啊，待着是真不舒服，我感觉淡淡的惆怅充满心中。”但她仍乖乖地跟着去，因为，她曾听我说，有一次开车时困意袭来差点冲到洒水车底下去，所以，她要做妈妈醒神的聊伴儿，保护好妈妈。

每次，回家接她时，看到桌前摆弄积木的她，沐浴在夕阳的余晖下，那是心底最柔软的时刻。

康复时，我决定做个温柔妈妈，依梅大夫的高招，用绷带绑住她的小屁股，走路姿势便好些了，我也不用蹲着纠正她的脚，可以转到前面扮作大狒狒，跟她玩《动物世界》里火烈鸟的故事，或者做各种游戏。她会非常开心，大踏步、拼了力气赶步，常常一口气能走半个多小时。

有时不禁想，如果让小慢寄宿，这样的夜晚，我会是加班加点倾情于事业，是忙忙碌碌收拾家务，还是逛街购物享受生活？抑或是专心孕育二胎，安心躺着休息？而她又该怎样孤零零地度过这漫漫长夜呢？尽管这里的老师们都非常有爱心，对孩子们视如己出，但没有任何人可以替代妈妈的角色，让她内心有足够的安全感。我不能放下，所以，可选择的路只此一条。

可是，无论多么爱她，我总归仍然是个笨拙的妈妈，找不到最合适的方式。我希望自己能够拥有超凡的力量、宽广的眼界，能够引领她、保护她走向幸福的未来。我愿意一辈子照顾她，不怕身体承受多大的劳累。但我怕她会不快乐，会因自己身体的残缺而受到心灵的伤害！怕世俗的利剑会逐渐砍伤她脆弱、善良的小心房，怕再多的物质也填补不了她心灵的缺失，怕她会不幸福，离开我的怀抱后无法找到安全的感觉！

所以，我每天竭尽所能用我的想法、我的方式去与时间赛跑，试图最大化地与病魔抗争。从不顾及什么才是“她的”、她想要的、她认为好的。

小小的她，是世界上最辛苦的人了吧？每天要做好几个小时的艰苦训练，小孩子平常的玩耍都是她训练之余的奖励，小孩子的幸福和快乐，她还拥有多少呢？

她却从不会挑剔我这个妈妈，渐渐过了叛逆期的她，会嘟着小嘴、忍着泪给自己找台阶：“严是爱，松是害啊，妈妈训你是爱你啊！”她会大声喊：“妈妈，快过来，我爱你！我听话啊！”还会说：“不好好训练，怎么能学会走路呢？妈妈每天陪你多累啊！”她会在临睡前，用手臂紧紧环绕我的脖子，小脸深深埋在我怀中，才能安心睡着。

从1岁半会说话、2岁会翻身、3岁会坐、4岁会站到6岁练习走路，别的孩子自然而然实现的每一步，于她，都是汗水和坚忍的成就。她没有显著的特长和惊人之举，却以一个顽强成长的姿态展示着生命的力量，诉说着爱的含义。

小慢听信我曾跟她讲的，每个小孩子都曾经是上帝的小天使，她们想要到人间来体会喜怒哀乐，于是就各自选中了一个妈妈，飞到她的肚子里去，成为她的孩子。小慢常常很甜蜜地对我说：“我当时觉得妈妈最漂亮啊，所以就飞到你肚子里了，对不对啊！”在受了批评、委屈的时候也会叨唠：“妈妈，我是选中你的小天使啊，你要爱我啊！”

我常常在想，我有什么资格去享受她给我的这些爱、这些信赖和理解呢？如果每个小孩子来世间的因由真是那样，那我亲爱的小慢，你怎么会选中我呢？我这么愚笨、无知，我什么都没有准备好，你没有发现吗？你不知道选中我到人间来，痛苦可能大于喜乐吗？你选中了我，而我不但没有保护好你，不小心弄折了你心爱的翅膀，还天天强迫你自己去努力、去重新长出翅膀，我这样的妈妈，怎配担当如此神圣的使命呢？

回想陪伴她的6年时光，是她在让我一点点成长。

当我面对小小的、无力的她不知所措，看育儿书傻傻“填鸭”时，她甘做小试验品，陪着我一点点积累经验；当我偶尔逃避现实、彷徨归家时，她欣喜、信赖的样子给我勇气；当我下定决心带她住院时，她与我一起忍受奔波、学会坚强；当我抑郁焦虑、教条般康复练习时，她默默承受、一一配合；当我终于打开心门，正视现实时，她回报我太多的爱与温暖！

她一点儿都不在乎，我是多么笨、多么傻、多么坏脾气急脾气、多么心比天高却体单力薄，偏偏选中我、信赖我、爱着我，而我，为什么还要把那么多自己认定的、失败的、无知的、所谓幸福与未来的定义强加给她呢？

快乐，难道不应该是“你在闹，我在笑”般最简单的陪伴吗？

四

2014，8年了。

几年来，第一次享受轻松的假日。尽管，上午带小慢去训练，下午4：00才吃上午饭，但还是感觉自制火锅和小憩多么完美！小慢说：“妈妈，哪天你给我放个假，带我去动物园吧？”“好啊，春暖花开就去哦。”

2014年的今天，最大的收获是，终于有了平和的内心，回归了生活的本质。终于，我能够坦然面对这一切。

所以，感谢命运，把小慢交给我，然后一点一点赐给我耐心、爱心、勇气和智慧。

每天的日子满满当当，埋首康复、辗转奔波，所以才会深刻领悟：活着，真好！

看，她长大了，多好！樱桃小丸子的刘海，长而浓密的头发！经常用成人口气转着文绉绉的酸词，有板有眼；也有标志性的动作，就是小嘴一撅吹刘海，呼的一下，酷酷的。

无论曾多么焦虑，时钟滴滴答答地转个不停，她这棵小苗就这样成长了起来。她那么懂事，训练积极，对比在家里不肯配合、只能依赖医院和机构的孩子，她是多么让人省心！

她是让我骄傲的，她意志力强、她聪明、她性格活泛。不似我，爱纠结、为难自己，悲观且彷徨。我所欠缺的她都为我弥补，那她欠缺的，我该如何弥补呢？无论她有哪些缺点，我都将以她的优点为傲！在她成长的路上，用欣赏的目光全程陪伴，永远为拥有的半杯水感恩、不为缺失的半杯水伤感！

与其说是我在养育她，不如说是她在教我成长。

如今的我，每天往返 50 多公里奔波，也磨炼得没了脾气，有了品人生百态的淡定。不再播放《忐忑》之类的歌曲，改听黑鸭子乐队和齐豫的佛曲。前者是过分的执著和投入，后者是些微的淡定和超脱。

有时，正遗憾于自己的车道行车太过缓慢，却突然间柳暗花明、前面的车纷纷改道；也可能刚并线到自认为快的道路上，却发现原来那条道反而更顺畅了。我们无法预料，也很难预料，唯一能做的就是把稳方向、约束自己，把安全、稳妥作为第一目标，遵纪守法作为重要纲领，不投机取巧，也不总惦记捷径，只要机会到来的时候，不至于木然呆看就行，只要该转弯、该换道的时候，知道提前准备就行，只要安安全全、稳妥到达终点就行。

人生又何尝不是如行车在路呢？不妨换个心情，轻松、悠闲一点，到达终点的时候才会神清气爽。这也是小慢赐予我的最大的财富！

五

2016，10年了。

曾经，
每次经过那个橱窗，
都会贪婪地趴在上面。
直至售货小姑娘过来问我，
才尴尬地笑笑，
逃离。

每次，
都期待它已被人买走。
这样当我经过时，
就可以装作漫不经心，
不必驻足。

可是，
又着实希望它还稳稳地待在那里，
直至等到我的宝贝，
被允许站立和行走，
穿上它蹒跚扑向我的怀抱。

终于一天，
咬咬牙冲动地把它买下。
抚摩着它温润柔软的皮革，
虽明知它很快将被束之高阁，
我也必须让它专属我的宝贝。

回家，
宝贝的眼睛明显是惊喜的，
不可思议地反复确认。
看着自己歪歪扭扭蹬进去的脚丫，
小小地欢呼雀跃。

是的，
我知道那一直隐秘在内心角落的，
小小希望之光，
是寄托、是信仰，
是不甘、是抗争。

我要，
紧紧把它们把握。
去他的现实与衡量，

去他的得失与计较，

攥在手里的才是希望不是吗？

后来，

回顾已然挣脱的抑郁沼泽时，

发现那些疯狂囤积的鞋子，

其实让她学会了爱和欣赏，

让她有了前进的力量！

也许人生路上，

前方总会横亘高山无法跨越，

内心总是彷徨无所适从，

但你只需热爱生活吧！

哪怕仅仅从一双小小的、漂亮的鞋子开始……

这一年，是小慢出生几年来最为放松的一年。

这一年里，对家人、对生活、对工作，都是一个全情投入、用心思考、着手行动、有所收获的漫长旅程。

这一路，风景无数、心绪起伏、有得有失，但总体而言，内心非常感激岁月给自己的磨砺和启迪。尽管仍然劳碌，间或焦虑，有着重重困难和考验，但内心毕竟开始回归平和，小慢也遵循着自己的成长轨迹，慢慢进步！

这一年，有欣喜、有意外、有懊悔、有收获，太多的喜怒哀乐，无法一一总结和表述，只能用一个词：感恩；只能做一种解释：命运是需要用时间慢慢诠释的一种未知！

无论我们多么投入、沉陷、抗争、纠结，无常总是没有尽头的，为何不好好活在当下，享受命运给予我们的、哪怕只有片刻的温馨和宁静呢？

10岁的她，已经上四年级。她爱说爱笑、性格开朗，对人善良、对事认真。她读书无数，小小的脑瓜就像一个宝库，经常“语不惊人死不休”。

她的未来，开始渐渐有了些许模样。

总忍不住欣赏她，也会故意跟她斗嘴，还会忍不住跟她撒娇，享受她小小身体散发出来的爱的味道。当然，偶尔在她流露出对走路的渴望或者对别人羡慕时，还是会突然心酸、心痛，又陷入痛苦的黑洞。但，好在她仍然是阳光的，不愉快在她那里总是很快消失，甜甜的笑总是眷顾着她，赖在她小小的脸上不走。天生的见机行事、灵活乐观、记忆力超强、精通电子、热爱生活、乐感十足。

我想，以前那个敏感、纠结、脆弱的妈妈，已经彻底成为过去时了。

有小慢为伴的我，一直努力释放自己的心灵，注重健康和养生，注重与家人的陪伴和与朋友的交流。也一直努力寻找更好的康复方式，让小慢更加快乐。

我想，我一定会不断增长能量和勇气，给予小慢一个更加优秀的母亲，引领小慢一起去探寻生活的真谛，领悟幸福的意义！

新的一年，继续提升幸福力，拥有内心强大的力量！清单如下：

1.放下过去。不再因过去所受的伤痛感到怨恨、内疚、悔恨、悲伤；不再为过去不成熟的自己懊恼、纠结；忘记命运曾经给的不幸以及自己挣扎应对的历程，把那些影响一一消除。不管过去怎样，真正重要的是现在。

2．面对现实。面对挫折能有效应对，不被困境冲昏头脑、不知所向。把自己所承受的、别人没有的缺失和遗憾当作上天给自己考验和磨炼的机会。常怀感恩之心便不知其苦，并迅速将其转化为自身的动力，投入到解决问题的具体事务中，不过于强化情绪和担忧。不耍小女人情绪，务实为要。

3．享受当下。在生活的起伏中，学会随时收获、品尝每天的快乐和充实！看待任何事情都转换为正能量，第一时间将情绪拉回到正在奋斗的目标和当下的事情上来，静下心回归本我。重要的是，读书、锻炼、收集正能量、提高幸福力！

六

2018，12年了。

人们常说，耳提面命不如言传身教。十余年，兢兢业业的工作态度，在家里边加班写材料边陪伴小慢，考取高级育婴师、攻取硕士学位、学习心理咨询、备战高级会计师、读书、写作等，这些都给小慢树立了很好的榜样。

我想，尽管并未取得多么实质性的成就，但我的生活态度起码传递给了小慢。所以，写作群打卡这个额外的“任务”，我亦非常认真地对待，大多趁晚饭后的空隙抢着时间完成。

那天，我照例吃完饭回到书桌码字，回过神来抬头看时，小慢正端着碗小心翼翼地往厨房送。正常情况下，她在家里不用扶东西就可以自由行动，但如果手里拿着东西就会比较紧张，影响平衡。

紧紧揪着一颗心默默观察，克制着没有冲上去保护她。从背影可以感觉到，她非常胆怯和忐忑，尤其是走到中间开阔地带时，几度想腾出一只手去扶些什么，但又扶不到。以往情况下，如果家人在身旁，必然会拉她一把，她也就习惯了依赖。而这次，她明显是在确信没有可依靠的情况下，靠强烈的自我突破愿望驱使，克服了自己的心理障碍，成功走进了厨房。

等里面传出哗啦哗啦的水声时，我假装惊讶地问道："宝贝，你是在刷碗吗？哇！你太让妈妈惊讶了！你太棒了！""哎呀，妈妈，你就不能等会儿再说话吗？让我给你一个惊喜啊！"她学着小丸子的腔调说。"哦，好吧！对不起哦！"过了一会儿，她说："妈妈，你现在过来看看我给你的大惊喜吧！"我走进去，看到三个刷得干干净净的碗摆在那里，禁不住满心欢喜地冲过去跟她紧紧拥抱在一起。"哎呀，妈妈，你也不要那么夸张啦！"她假装一脸不在乎地说。

是的，现在的她就是这么个小姑娘，无尽的温柔、可人。喜欢跟我拥抱，但又不喜欢我把她当小宝宝。喜欢凡事依赖我，但又很享受可以照顾别人、为家长做事的成就感。譬如，多年前，好友来家小住，曾给我做过一次按摩，她在边上看着，竟然全都记住了。每当我腹痛厉害时，她便不时用小手搓搓给我按摩，一下一下落下去，竟然是极其精准的手法。

我想，一定不是因为她聪明，而是因为她对妈妈用了心，才记得这么牢！

为解决疼痛难忍的问题，我终于下定决心去做了子宫肌瘤的手术。虽然只是一个小小的手术，头一天晚上我还是失眠了。想到每个月自己因为疼痛生不如死，就非常怕手术失败或将来复发。万一自己被可恶的病魔永远绑住手脚，完全顾及不了小慢，该怎么办呢？

在手术台上，许是过于紧张，许是其他因素，我竟一度出现了休克。当时只觉得有一种说不清的感觉从下至上迅速涌来，心跳骤然加快，呼吸变得窘迫。我拼尽全力叫了一声医生，然后就一片空白了。再次恢复知觉时，隐约感知到护士们的说话声和面颊被拍打的疼痛感，然后医生把针头换回另一瓶药说：“没事了，随时监控。”

那一刻，我脑子里想的全是小慢，不禁泪流满面。我想，只要我能一直好好地活着陪她，其他什么都不重要了。

记得有一篇文章说，疾病是身体发来的情书。我想，很大程度上，也许并不是我治疗了疾病，而是疾病治疗了我，让我得以换一个角度去体验人生。

我相信，无论前方还会面对什么，我们相互陪伴着一起走下去，便没什么可怕的！

慢慢学会爱——妈妈的自我成长

33 周早产，体重 1650 克。出院时，小小的她只有我的小臂那么长。但那双眼睛，充满了对生命的渴望。

1 ~ 3 岁的小慢软软的、白白的，说起话来弱弱的。阳光洒在她的脸上，细细的绒毛泛起一层金色的光，皮肤鲜嫩得像粉红色的桃子。我总是逗她，你是我的小天使，天上掉下来的一小坨屎屁屁啊！她每次听了都会很开心，哈哈大笑，笑起来的样子像极了一朵瞬间绽放的花。

3 ~ 6 岁的小慢酷酷的、美美的，特别爱说话。小小的人儿懂事、乖巧，但已然很有个性。那时我喜欢用半嗔怪、半宠溺的语气称她为“小冤家”，她便称我为“小慢老妈子”，一个天天围着她转悠、叨唠不已的老妈子。

7 ~ 12 岁的小慢上学了，一年一个样儿。她像一个奇妙的时光机，总会给我很多惊喜和震撼。我们常因一些事情出现分歧，又总会腻在一起亲密表白，和解与冲突、约束与自由，成长的力量就是这样。她成了我的“豆瓣酱”，一个小小的逗伴儿；我成了她小说里的反面人物——大人国的哈莱王后，经常被强拉着读她新创作的作品，一边看自己被描述得多么狡猾和可恶，一边还得心怀“正面管教”的“鬼胎”、给她频频送上赞赏和鼓励。

每一位勇敢的小天使，之所以能够毅然决然飞离天堂，都是因为她（他）选中了一个人，喜欢她、追随她并且信任她。那个被幸运选中的人就叫妈妈，从此她有了一个人世间最伟大的称号，并将为了这份荣誉而奋斗不息！

也许，养育小慢要付出双倍的艰辛，但她回馈我的却是多倍的幸福！

一

小慢出生后，我曾做过很多噩梦，记忆最深刻的有两个。

一个是在小慢一岁多的时候，一天晚上，我梦见好像发生了类似地震一样的事件，原本一起玩耍的一群孩子全都消失了，包括我在内的很多家长都在焦急得四处寻找。突然，有一个权威人物出来宣布说：“孩子们回不来了。”我的反应好像并不是特别悲伤，反而跟大慢说：“你看他们该怎么办啊，那么健康的孩子说没就没了，怎么承受啊！”但后来，很多孩子又从四面八方跑了出来，里面却没有小慢。我开始着急了，四处寻找。突然，我远远地看到她坐在一个小凳子上，就那样安安静静、无力地待着，别的孩子都在跑，她就那么无助地坐在那里、一动不动。我的悲伤一下子迸发出来，边哭边喊着“小慢，快跑啊”边奔向她。

醒来后，我沉浸在悲伤中久久无法自拔，再一次无比深刻地意识到，尽管自己内心仍不能接受这个现实，觉得自己的孩子不如别人，但小慢已然成为我生命中最重要、最珍爱的人，绝对不能失去。

另一个噩梦，是在小慢三岁左右的时候。那时我正在被小慢的康复瓶颈、将来的入学门槛问题袭扰心头。医学角度的黄金康复期像高考一样在我心里倒计时，各项任务就像在脑子里设置的闹钟，滴滴答答地在转个不停，让我整个人焦虑得不行。我恨不得小慢可以像个小机器人，每天积极主动地做着枯燥、重复的项目。威逼利诱不奏效的情况下，我有时会用一种很不好的方法：假装甩手走人，丢下小慢自己反思，有时还加以言语责备。这种情况下，小慢往往会最终妥协。可康复任务虽完成了，我心底却是虚的，怕给她内心造成了伤害，很心疼。

一天晚上，我梦见自己带着小慢在一个超大的游乐场里玩耍，本来我们在玩一些不太拥挤的项目，但小慢非闹着去玩高难度的，我做不通她的工作便只好依了她。但在玩一个项目时，我抱着她险些摔下来，小慢也一直哭闹、很不听话，然后我非常生气，就把小慢自己丢下跑开了。后面的梦是一段空白，再之后的场景就是散场了，我回头寻找，迎面很多家长带着孩子高高兴兴地往外走，我焦急地问有没有人看到小慢，大家都摇头。转过大大的场地，我终于在一个角落看到了她。她正孤零零地独自待着、软软地坐在地上，旁边一个孩子边吃东西、边往她身上丢，她也不吭声。我冲过去抱起她，发现她腿上满是血和脓，一层又一层，伤口是个洞，深入骨髓！我哭着问她："是谁伤害的你？宝贝，到底是谁啊？"她一直不说话，最后大哭着说："妈妈，到底是谁伤害了小慢啊？到底是谁伤害了小慢啊？"

后来几天，只要想到这个梦，我就很想哭、很难过、很自责。我心底的感觉是，是我——是我伤害了她，真正伤害她的人是我，是我这个妈妈！那个自认为在保护她，担心她将来受欺负，却又每天都在伤害她的妈妈。

我想，这个梦一定是来点醒我的，把我从错误的崖口拉回，学着用正确的方法去爱小慢。

二

刚入学的时候，急于夯实基础、培养小慢的学习习惯，有一段时间，我还是惯于用要挟的方式给她施加压力。

其实，看了很多有关“正面管教”的书籍，知道这样做是极为不妥的。可一旦遇到她小磨蹭或有小情绪时，还是会本能地施压：“你如果再如何如何，就不让你看动画片了；你如果不如何如何，就不带你去郊游了”等等。

当然，我也不忍心对她过于苛责，基本上每次都不会真剥夺她最想要的东西或想干的事情，都是将条件和标准一再降低，只要她基本达标就可以。

但她还是非常认真，每次遇到这种情况都特别当回事儿，尤其在期限即到却可能完不成的时候，会沮丧、着急，甚至有时候大哭崩溃，干脆就放弃、不再往前冲了。

于是，专门找机会跟她谈了谈心，了解到她是害怕承担那个最坏的结局，因恐惧而生发出来的情绪。我便跟她说：“你没发现吗？妈妈是刀子嘴、豆腐心，每次都不会真把所有的路堵死，都会给你留一扇门的，再不济也会留扇窗；你应该学会凡事跟妈妈商量，去争取到门和窗，任何时候不到最后都不要丧失希望。即便家长发再大的火最终都会原谅你的，话说得再绝都是有退路的。而且，你要明白家长的目的是什么，不是非得在具体的某一件事上较劲儿，最根本的其实是你做这件事的态度，只要能拿出态度和行动，让家长看到你的努力，一切就都还有商量余地。”

后来，她慢慢学会了调整，懂得了原则性和灵活性之间的尺度把握。而我，也不断反思和调整，争取在语气和方式上更加技巧一些。

比如有一天，对她康复时磨磨蹭蹭的状态特别着急，便催她抓紧时间去走跑步机，并表示如果做不好的话，不一定会给她讲睡前故事。我悄悄观察到她有点儿小情绪，积极性也不高，便走过去说："让爸爸给你放上《小马宝莉》吧，这样边看边跑会不会更有趣一些？你负责好好跑，我负责好好给你选故事，好吗？"结果，她扑上来给了我一个大大的拥抱，眼眶湿湿地说："对不起妈妈，我误解你了，以为你不会再关注我了呢。"

所以，密切观察并及时发现孩子的情绪，主动去化解非常必要。

只有内心给自己留一角的孩子，才能很快走出情绪深渊。我希望，随着不断成长，她能真正明白：其实一切都会好起来的，任何一个此刻以为过不去的当下，都只不过是将来回首时的一个回忆片段。最重要的，是要时刻提醒自己，始终保持迎难而上、积极努力的状态。

后来，与小慢共同成长的岁月中，我也总是反思，如果世上有完美小孩，那成长的意义在哪里？

爱让我恐惧，恐惧给我力量，可这个力量不是让我去伤害她的啊！人类不是机器，我们唯一比它们厉害的就是有缺陷。正因为我们有那么多缺点，胆小、害怕、脆弱、纠结，才需要从小到大一点点成长，才拥有人类的亲吻、拥抱、安慰等爱的表达方式，"妈妈"这个名号才有存在的价值和意义。

所谓抚养，应该就是用我的缺口来填补她的缺口，从对方身上看清自己，体谅彼此的不容易，用爱去陪伴彼此吧？

三

有一阵子，小慢特别爱丢三落四的，习惯于依赖我给她操心。有一天，送她回爷爷奶奶家的路上，她突然想起来还有个童谣板报第二天要交，而时间明显已经来不及了。

我非常抓狂，唠叨了一路。后来，觉得自己有点过了，我便找台阶说："你最好在18岁以前赶紧翅膀硬了独飞，否则到时候我更年期了，如果你还得依赖我的话，我会唠叨死你的。"

她见我不生气了，赶紧逗我："哎呀，这么说我18岁时你就更年期了？早更啊？"我说："也不会那么早的吧。"她笑了，凑上来坏嘻嘻地说："你这么跟我聊，是不是要给我一个台阶啊？我自己心里其实已经给自己想好台阶了，不过，还是要谢谢妈妈！"然后，她又问我："为什么你们大人不顺心了可以对我们生气，我们小孩子却只能哭呢？"

我突然醒悟，是不是批评时对孩子展现出来的要求太多，而把自己内在的感受跟她分享的太少，从而影响了她对家长真正意图的解读呢？如果每次孩子关注到的只是"家长不顺心、家长很生气"这个态度，而不是这件事情本身，那她永远也无法从中吸收到应有的经验教训。

于是，我对自己进行了深刻的反思，并跟她分享了情绪的"ABC"法则：外在世界是自己内在的映射，A是指这个事件本身；B是指对这件事情的看法，往往会极端，掺杂着自己的成长经历、自己过去的经验判断、当前情绪状态和其他事情带来的压力、对未来的忧患等；C是指自己展现出来的反应。由于B不同，同一件事情人们的反应就会不一样，处理结果就差很多。

我跟她说，以我"发脾气"这件事来说，A就是你做的事情；B就是我认为这件事情不符合自己预期或达不到自己的标准，这么做会造成很严重的后果，以及"你这么大了还这么不让人省心，你怎么一直不听话，是不是故意气我的，这样下去长大后可怎么办”等想法与担忧；C 就是对你全方位、深层次的指责行为。

小慢说：“嗯，其实以后我遇到问题，也一定会跟你说明自己内心的真实想法，咱们一起分析 B，就不会有错误的 C 了，对吧？”

见她理解得这么精准，我很是欣慰。孩子就如同小树，成长需要合适的土壤，家就是土壤，妈妈就是改善土壤、促进生长的肥料。有关注、多互动、勤沟通，只要有足够的情感交流，孩子就会顺着家长引领的方向，健康成长。

刚刚进入高年级的小慢，明显尚未进入紧迫的学习状态，为此我非常着急。

有一天，小慢想在声乐课后安排更多的娱乐活动，我却焦灼于诸多待完成的作业，于是，我们陷入了对峙和僵局。还好，我及时转念，向她传递出诚意，说：“我觉得或许我应该先耐心听听你的想法，而不是武断地就把自己的安排强压给你。”她听我这么说，也立刻改变了态度，积极回应：“我也应该以商量的方式，而不是对抗的方式跟妈妈表达。”

于是，我们进行了愉快的沟通，达成共识：以后妈妈要尽量调整，小慢也要及时呼应，这样的话，或许妈妈的 A 方案与小慢的 B 方案经过商量，会发现还有一个更好的 C 方案，找到一个最佳路径。这个过程就从对抗变成了灵感的碰撞与交融，是有价值的沟通，而不是无意义的消耗了。她说：“亲爱的，好喜欢咱娘儿俩好说好商量的状态哦。”

以前曾经接受过一个育儿观念，大意是，一定要精准地向对方传达自己内心的真实想法，而不是情绪。要表明自己是怎样想的，自己希望如何，而不是简单地发出指令和要求。

为了让小慢能理解大人的局限性，我给小慢讲了“玛丽买鞋”的故事。大意是玛丽小时候因为家里贫穷，自己的母亲每年都带孩子们冲向大卖场抢购甩卖的商品，玛丽只能被迫接受母亲为她挑选的所谓物美价廉、但极其不合身的衣服和鞋子穿。这个经历给她留下了阴影，导致她自己当妈妈以后，带自己孩子买鞋时总不愉快，总是纠结，就像自己的母亲附身一样，她总无法认同孩子们自己的意愿，过后又后悔没能尽情满足孩子的愿望。

我告诉她，其实每一个妈妈，也都是从孩童长大的。88% 的内隐记忆是导致痛苦情绪的重要原因，有些妈妈表现出来的不可理喻的行为，也许是她内心对童年时期一些没妥善解决的问题不能释然，很容易将自己过去不健康的行为或者心理模式传给孩子，导致历史反复上演。我们家长也需要经常反思自己的行为模式，才可以不断修正，正确处理当下的亲子关系。

向孩子袒露成人世界的不完美其实非常重要，尤其是进入青春期的孩子，与其由她自身因独立意识觉醒而发现、挑剔家长的种种，倒不如坦诚以待、放低姿态，获得她的理解和接纳。

果然，始有青春期苗头的小慢，性格并没有变得叛逆，反而有点儿那种“参透世事”后的小释然和小幽默，经常能自我开解，带着一种“真拿这些大人没办法”的小超脱。其实，很多时候，青春期的孩子知道自己是错的、家长是对的，但就是特别想刷得存在感和彰显独立，用小慢自己的话说，就是会有“习得性对抗”，常常为了对抗而对抗，自己也不知道到底想诉求什么。

正是因为我们从小到大长期的、密切的陪伴，奠定了良好的沟通基础，小慢才愿意打开心门，接纳我的各种“介入”，并且能很好地化解我的情绪，达成所愿。

记得有一次，刚开始学习分数时，她总是混淆算法，错误百出。有一天见我特别不满，就对我说："哎呀妈妈，你应该这么想，自己的女儿已经会分数乘法了，应该知足！"经她提醒，我立即转念，说："好吧，我应当知足，比养一头小猪好，小猪只会哼哼，不会分数。""就是的啊，你get到了，妈妈！"我俩相视一笑，当下释然。

陪伴孩子应该是双方良性的互动关系，而不是控制关系。当孩子看到我们的改变，并理解我们的行为时，自然便能很好地调整自己。

陪伴是最长情的告白——邻家女儿的故事

如果我能再次养大我的孩子，

我会先蹲下，再温柔地诉说。

我会多将拇指竖起，少用食指指点。

我会拿出更多微笑给孩子。

如果我能再次养大我的孩子，

我会少用眼睛看分数表，多用眼睛看优点。

我会注意少一点责备，而去多一点关心。

我会将板着的脸收藏，

而成为孩子的玩伴，跟着孩子一起跑原野去看星星。

如果我能再次养大我的孩子，

我会早早地将他推出门……尽管我很心疼。

我会多拥抱，少搀扶。

我不再追求对权力的爱，我会效法爱的力量。

如果……

如果，已经没有如果，

我不再后悔过往行动，从当下开始！

——〔英〕仑曼斯《如果我能再次养大我的孩子》

一

曾居住过的地方，有一邻居家的小女儿，系某医学院研二的学生。偶尔在过道遇见，虽觉其冷漠，却也可以点头招呼，亦常见门口有堆积的快递，可见社交正常。

一日，邻居在过道与大慢一起抽烟时，许是源于苦闷，主动聊起了孩子。我们才得知，学校通知家长接回，小女儿已休学在家一年。

据邻居说，因超生，小女儿出生没几个月便被送到了老家的姨妈家。虽孩子性格孤僻，也不愿与父母亲近，甚至连牵手都不让，但小学阶段还是接回了身边。孩子异常聪明、好强，学习成绩非常优异。但因户口原因，怕耽搁孩子，小学毕业后便又送回老家，寄宿在一所名校。结果，正值青春期的她无法有效化解同学间的嫉妒和排挤，亦受暗恋小男生辍学的影响，开始厌学、躁狂。后来，休学接回家休养了一年后好转，试着参加中考，成绩竟异常优秀，他们便又把她送回老家那所名校继续学业。孩子虽脾气、性格仍较独特，但后续的几年，也都貌似顺利地度过了。

此次发病，许是因人际关系处理出现了问题，许是因失恋影响了情绪，总之，爆发得异常激烈。

几乎每日，我们夜间都能听到女孩发脾气的叫骂声和哭喊声，后来频率愈发加剧。

一日，门外异常喧嚣。原来，女孩发作时家里实在控制不了局面，妈妈便叫来了 120。安定医院的几个人带着担架和绑带前来接人，女孩哭喊挣扎，求爸爸妈妈救救自己，说自己不想去医院，自己没病，还哭诉说："你们这是要毁了我啊，草菅人命。医院不能去啊，关进去我就完了！……"

见挣扎无效，女孩叫嚷着说："你们就是认定我是精神病对吧？那我进了医院就自杀！"又说，"你们有没有考虑我的心灵感受？我只是缺少爱，一个抱抱就能解决的呀……"

女孩被捆绑住临出门的时候，哭着说："我去，我答应去医院，求求你们放开我，让我自己走，不要这样捆着我，这是对我心灵的摧残……"

此情此景惨不忍睹，听得我泪流满面。第一次以旁观者的身份，如此深刻地感受到一个人的绝望，深深的绝望。就像溺水挣扎，慢慢陷入旋涡中心，只有无形的大手捆绑、按压，无法挣脱。

某日，在电梯又遇见邻居。他们说，这一阵子将不会来这边住了，房子也准备租出去。她妈妈跟我们解释，送孩子去医院治疗，也是怕她一人在家出意外。以前在家时，孩子经常半夜把妈妈拽起来捶打、哭闹，控诉她对自己成长陪伴的缺失。白天还动辄攀上阳台，打电话说要跳楼，妈妈只能急匆匆赶回，开始新一轮的撕扯。

"我实在受不了了，体重一年掉了 30 多斤，再这样下去我会疯的。你说，我当初不也是为了她的成长吗？在北京不要命地打拼，给她创造最好的条件，那种寄宿学校的学费有多高，我都没心疼过。早知道这样，当初就不逼着她回去上高中，留在身边治疗就好了……"

"她这种情况，自己也懂很多心理学知识，一般的医生还起不到什么作用。

高级一点儿的心理治疗师很贵，如果医院治疗能有效，哪怕一辈子住在那里我都愿意担负。”我想，邻居也一定非常渴望能找到一张路线图，引导他们穿越亲密关系的迷雾，去洞察、消融这些隔阂及背后的原始障碍，并转化为互相感恩、欣赏，走出受害、迫害与拯救的无休止循环，回归亲密关系的当下。

只是，这一领悟来得太晚了。

临别，他们跟我们一直致歉，说之前的吵闹影响了大家。因电梯到了，他们匆匆离去。其实我很想跟他们说：“没有，一点儿都没有叨扰到我们，不用致歉，甚至还可以请我们帮忙的，我们愿随时施以温暖。”

之后几日，我内心一直难以平静。既理解他们作为父母的无奈和两难，又心疼那孩子的挣扎与绝望。鲁迅先生说：“人类的悲欢并不相通，我只觉得吵闹。”我想说，我只觉得难过。

从邻居妈妈的口中还得知，小女儿经常跟她说，羡慕小慢，性格那么阳光，还有爸爸妈妈总是陪在身边。我被深深触动，原来，孩子羡慕和需要的东西如此简单，仅仅是陪伴就好啊。也不禁心生惭愧，反思自己常常对小慢的苛责，自以为创造最好的条件去培养她便是爱，殊不知，可能会给她许多无形的压力和枷锁。

二

分离对一个孩子的影响有多大，我自己感同身受。

小时候，父亲为了照顾年迈多病的奶奶，举家从东北迁回老家，我被暂时寄养在佳木斯的大伯家。待一切安顿好以后，由伯母送我回去。那时我才五岁，火车上被陌生男孩揪头发的冲突、汽车上拥挤人群嘈杂的推搡、敞篷木板车上刺鼻的马粪味，及最后浓浓乡音伴着的迎面扑来的武大郎烧饼的香味，不过是短短的一小段路程时间，即便今日想起，所有一切都还历历在目，那种新奇而又陌生、孤独而又恐惧的感觉还都留存在心底。

在老家休完产假回京的那天，我把小慢从二姐的怀抱接过来时，她哇哇大哭。短短几个月，她已经熟悉了她二姨的声音、味道和肉乎乎的怀抱，明显感知到了分离的恐惧。回京后，有很长一段时间，她都显得特别焦躁。

还有带小慢到儿童医院住院的第一晚，我见小慢正睡得踏实，便把她独自留在病床上，去食堂打饭。谁知办卡和迷路耽误了时间，待回来时，小慢在洋洋妈妈的怀里正哭得惊天动地、撕心裂肺。那是她第二次体会分离，自此，每晚她都紧紧搂着我的脖子，片刻都不曾撒手。

有一次，小慢跟我谈她曾反复做过的一个梦，竟与那两次的场景一模一样。我不禁愕然，那些分离所带来的影响，原来可以在记忆里烙下这么深的痕迹。

《朗读者》有一期谈道："陪伴很温暖，它意味着在这个世界上有人愿意把最美好的东西给你，那就是时间。日复一日，年复一年，到最后陪伴就成了一种习惯。"

曾教小慢剑桥英语的 Hedy 老师，就是陪伴最好的践行者。她美丽温柔，每天坚持绘本伴读，并在公众号上发起"每日一句"活动。记得有一期的主题是关于爱："There is something that outweighs money, such as love, such as company." 是啊，一些东西比金钱更重要，比如爱，比如陪伴。长长的一篇英文读下来，我们懂得了，生命是一场创意之旅，爱是一种能力，陪伴是一种力量。在这个世界上，没有一个人是孤岛，失去了陪伴，也就失去了生存的意义。

在陪伴的过程中，教给孩子如何去爱不如展示给孩子怎样去爱。

爱是什么呢？我常常迷茫。

爱是负责吗？每当我对她过分苛责或者严加管教的时候，总爱用这句话来开脱自己。譬如周末的比赛，赛前准备时终没忍住，对她发了脾气，甚至忘了顾及旁边辛苦陪伴的老师。自问，为何焦虑？只是因为想要对她负责吗？其实不是，是我把自己的期待，强加到了她的身上。而这份期待，不过是为了满足自己所谓面子的虚荣，是现状达不到欲求标尺而引发的愤怒。

初衷只是为了让她积累阅历和开阔眼界，可走着走着就忘了来时的路。常常焦虑，不能持久恒定地放下；常常迷失，却总是以爱的名义。

我想，那是因为，我还没能做到对她百分之百地接纳，也没有做到对自己百分之百地接纳！

好在，无论方式是否正确，总是坚持陪伴的。

在她眼中，我也许就是一个喜怒无常的小伙伴。所以，她总像对待好朋友一样对我，也就是说，常常不把我当个大人。我们之间，除了正常母女间衣食起居的照顾，三分之一是师生关系，即我布置任务，她按要求完成；三分之一是伙伴关系，孩童一样随意开玩笑和打闹；三分之一是书友关系，交流读书心得和故事，当然，大多时候是她缠着我讲故事，“榨干”我的每一个灵感。

毕淑敏曾说:“每一个孩子的性格生来就是不一样的。有的生来大大咧咧，即便天天挨揍也一样心境阳光；有的生来敏感，你像温室一样呵护，他也会伴着或多或少的阴影长大。”所以，只要孩子喜欢，怎样与他交流不过是一个形式问题。只要，陪伴、陪伴、再陪伴！

三

是的，共同成长。

我们之所以成为父母，并不是要去书写孩子的人生，而是为了在陪伴他成长的过程中，不断净化自己的心灵，重新塑造自己。

希拉里·克林顿曾对女儿说：“我第一次做你的母亲，你第一次做我的女儿，让我们彼此关照，共同成长。”做父母的或许应当坦承自己的脆弱，一言一行向孩子展示长大成人的实质：有血有肉，丰满、真实，而不是完美的人生。

我总会在陪伴她的过程中，回忆起自己的小时候。她也非常喜欢听我小时候的事。有时，为了“哄骗”她接受一些道理，也会编造出一些故事。

有的确实是记不清了；有的貌似是想象出来的一些东西，记忆混淆了。不管怎样，只要是故事，只要能蕴含着一个道理，只要能对她有所启发就可以。

一天陪小慢在阳台练习跑步机，无意间抬头看到窗外的一轮新月。我说：“妈妈突然想起来，小时候貌似看过一个叫作《月牙儿》的电影。”她便缠着我，一定要把这个故事讲给她听。老天！这年代久远、懵懂时期看过的“大电影”，哪里去忆起情节？

“好吧，既然如此，带速加到4.0吧！”“好呀好呀！”小慢爽快地答应了，锻炼效果超好！“好吧，既然如此，蹲起练习看看状态吧！”“好呀好呀！”小慢再次爽快地答应了，数十次练习一气呵成！“好吧，既然如此，轮式下腰的时候给你讲啊！”“好呀好呀！”小慢“扑通”一声，就一步到位乖乖撑在那儿了！

我这无良妈妈终于良心大大地受不了了，赶紧上网搜索、脑补、想象、编排，给她讲了故事的大意。也许是回忆起残存在脑子里的记忆，也许把某次读过的什么故事给弄串了，竟大概其讲了出来：

电影的开头是这样的，有一个年轻的姑娘被关在天井里，天井外的天空一弯月牙儿清凉如水，倾泻而下。故事以姑娘旁白的方式，娓娓道来。她想起了自己六岁的时候，依偎在妈妈的怀抱，也是这样的天空、这样的月牙儿。

她妈妈说："你以后就叫月牙儿吧，月牙儿虽然不是那么圆满，但总能保持美好的样子。妈妈希望你能永远保持美好，无论过上什么样的生活。"

那是她最后一次见到妈妈，第二天，妈妈就死了。妈妈其实早就病得很重很重，重得都没有力量阻挡父亲把她卖了换酒钱。从此，她当了一名卖唱女，一生颠沛流离、凄苦飘摇。然后，影片在她每一次命运的节点，都用窗外的月牙儿这个场景来表达她的心境。

"那她是怎么按妈妈的期望，永远保持美好的呢？"小慢问。"事实是，尽管她无法主宰自己的命运，但她一直努力保持内心的美好！比如，开头的那一幕，其实就是她与命运抗争，不肯屈服于一个大富豪而被关起来的场景。她看着天井外的天空和月牙儿，想起妈妈，便有了力量。"

"哦，这就叫睹物思情吧？"小慢问。"是呀，领悟得太精准了，就是睹物思情啊！比如，今天咱们娘儿俩心情愉悦，幸福地看着窗外讲故事，等你长大后自己出去闯世界的时候，某天突然抬头看到类似的情景，远处错落的高楼上方，有一弯新月清丽、明亮，那时候你的心情也会瞬间愉悦起来，对吗？""是啊，因为我会突然想到今天，对吗妈妈？""对啊！对啊！"我搂过她小小的肩膀，宠溺地揉乱她的头发。

道晚安前，她突然搂住我说："妈妈，有你陪伴真好！感谢您能健健康康的，不像月牙儿的母亲，也不像高尔基的母亲，早早就离开了自己的孩子！"

那一刻，我的心变得特别特别柔软。

也瞬间悟到，之所以看到外面那轮新月我就想起了那个故事，是因为年少时的我，也是在妈妈亲密陪伴的臂弯里，看了那一个又一个的夜场"大电影"，当时一定也有着同样的领悟，才对那夜的空、月的冷，有了如此深刻的印象吧？

陪伴，是最长情的告白！

春来草自青——积极正向的小慢

你好青春期

大概在小慢 10 岁的时候，听同事说起青春期的女儿如何如何，我不禁心下一惊。

有一天便问小慢："我对你这么好，那你以后也会有青春期，跟我对着干吗？"小慢说："我不会跟你对着干，但我会有青春期的。""那你的青春期会是怎样的？"她认真想了想，说："会是可爱的。"

于是，在小慢当真开始出现青春期苗头的时候，我对她洗脑说："青春期是身体发育成熟的必然过程，激素过剩、无处发泄，便只能通过情绪表达；更年期是身体走向衰老的必然过程，激素水平下降，体力就会衰退，脾气就会不好。很不幸，现在的人更年期都早，妈妈也快了，因此，你可能无法享有青春期了，青春期可绝对敌不过更年期哦。因为激素少完全没有办法补，我可能会因身体不适而罢工，不做饭、不陪伴、不理会、不拥抱你，但激素过剩却不一定只通过情绪宣泄，完全可以通过体育锻炼和学习来把过剩的精力消耗掉。”

她听后觉得非常有道理，便跟我说，自己不会有青春期，会好好照顾妈妈的。

于是，她成了我的小慢姐，我成了她的老妈。在一些有分歧的事情上，她更加注意察言观色，还经常非常大度地拍拍我，表示理解、原谅我的各种情绪……

那段时期，我总是充满危机意识，时不时有针对性地给她读一些东西。

有一天，给她读《目送》里，华生如何嫌弃妈妈见了什么都大呼小叫的样子。她听了哈哈大笑说：“我现在也经常嫌弃你啊，有时候你就是很幼稚的，妈妈。”或许觉得自己笑得有些放肆，她又拍了拍我的肩膀，补了一句：“不过，放心吧妈妈，我以后也会管你的。”

她总是这样，从不钻牛角尖，有时调整情绪和自我开解的能力常令我自愧弗如。譬如，有一次，嫌她做题没好好思考，间歇性“虎妈综合征”发作。她便一边跟爸爸笑闹、打岔儿，一边瞅着我的脸色说：“我妈妈是因为缺觉，睡会儿就好了，现在咱们可千万别惹她。”倘若恰好听到了某种不雅的声音，便会一脸坏笑地凑过来说：“妈妈，女人爱生气就爱放屁，放屁多了就会越来越不美丽哦。”我若反击：“好吧，那祝你将来会有一个省心的女儿。”她便会长嘘一口气说：“唉！反正我会找一个恰当的方式教育她，绝对不会生气，肯定会好好保养自己。”有时，我对自己做的饭非常满意，又见她吃得很香，便常常一脸“王婆卖瓜”的样子追着问她，有一个妈妈好吗？她会一边嫌弃地躲着我，一边说：“其实有个不会被我激怒的妈妈，才挺好的。”

她的青春期还真没有预期那般令人担心，而我所谓的“早更”倒貌似真的来了。临近40，记忆力已明显衰退得厉害，很多事情需叮嘱小慢给帮忙记着。有一天，我要去参加一个活动，顾着找得体的衣服却把口红忘带了。回来后沮丧地说给她听，她埋怨道："哎呀，你怎么没告诉我这个小记事本啊？不过，你这个妈妈真是华而不实，还老说自己曾是学霸呢，怎么总丢三落四忘事情？"于是，她变得更加爱操心，甚至有时还有点儿唠叨。

有一阵子，听朋友讲起他们基层单位的一个员工，貌似有精神方面的疾病，到处写信告状，说怀疑有人监听他、迫害他等。回家讲给小慢听，不禁唏嘘，好好的一个青年才俊就这么毁了。正好那几日又在书店看到《天才在左疯子在右》再版畅销起来，便忍不住念叨："现在心理和精神方面有问题的人其实还挺多的，心理健康太重要了。"那天睡前，她竟拍拍我的后背安慰说："放心吧妈妈，我一定会一直精神健健康康，好好陪着你的。"

12岁时，她对"母亲节"格外重视起来，早早就神秘兮兮地开始各种准备。我正好出差在外，回来那天，她迫不及待地把一堆礼物拿给我看：

第一个，是印着一张奖状的靠枕，柔软且舒服。奖状上写着："亲爱的妈妈：为表彰您一直以家庭为中心，爱护家中老老小小，为家庭和谐做出了积极贡献，特授予您最美妈妈称号。"她说："这个你可以放在车上，来回路上爸爸开车的时候，你就躺躺。当然了，并不是嫌你老躺在我腿上，而是这个更舒服。"

第二个，是一个狐狸面具。她说："狐狸代表母爱，它虽然对外最狡猾，但对内最护崽儿。"

第三个，是一把扇子。她说："这是亲子扇，我买了两把，一把你用、一把我用。上面印的是代表情谊的樱花，这样，你扇它的时候就会想起我，我扇它的时候就会想起你。”

第四个，是一枝包装精致的金色紫荆花。她说：“这个嘛……寓意就有点儿牵强了，类比香港回归母亲怀抱的意思。”

我感动得热泪盈眶！刚刚开始独立网购的她，竟能把一百块钱精打细算，暖心打点成这样，满满爱意又不失精致！回首 12 年的种种，夫复何求！

在她怀里沉沉睡去

我喜欢跟小慢聊天，无论晨起还是睡前。

清晨的阳光洒在床上，我静静地看着她熟睡中长长的睫毛和绒毛泛着光的脸庞。她睁开眼睛，我们相视一笑，紧紧地搂在一起。外面燕子一家在叽叽喳喳地说话，我们也天南海北地开始胡侃、笑闹，美好的一天就这样开始了。

夜幕降临，白日的喧嚣一一隐去。我们常常头靠着头一起听故事，或者玩“追与逃”的游戏，我是那个可恶的大人国“哈莱王后”，她是小人国率众反抗的女王，借机把白日里自以为受到的委屈宣泄出来，在不知不觉中接受所有的教导、悄然成长。

她亦开始对父母的情感状态特别敏感、密切关注，喜欢爸爸和妈妈感情亲密、甜蜜的样子，希望我们一直恩爱。比如，有时见我安排大慢干活，便对我说：“哎哟，你这个成人世界的宇宙中心，被爱环绕的人，就甜蜜享受你老公给你的爱吧！”有时，周末偶尔送她独自待在老师那儿，她就会说：“你们俩回去好好享受二人世界哦。”去 K 歌时，听到爸爸唱《东京爱情故事》，就会莫名嗨起来，因为她听过我们的恋爱故事，认为那是爸爸的求婚歌，妈妈当初就是因这首歌爱上爸爸的，等等。

有一次，我带她和她同学母女一起去观看演出，回程电话与大慢沟通停车位置时有所不快，被车内的她们听到了。后来，她同学的妈妈告诉我说："你家小慢可有意思了，见你在外面皱着眉头、直转圈子，觉得自己爸爸妈妈的争执被我们看到了很尴尬，便跟我说，阿姨你知道吗？书上说，女人有五种语言，男人只能听懂三种。"

还有一次，跟朋友一家一起出去玩。他们两口子正好刚闹了些小别扭，朋友便忍不住向我们吐槽各种不满。回来的路上，小慢就一直追着我问："妈妈，你爱爸爸吗？"第二天一早醒来，她又问："妈妈，你到底爱爸爸吗？"我问她："为什么总要这么问呢？"她说："因为我看阿姨好像不爱叔叔，我不知道你对爸爸到底爱不爱呢？"

我想，或许现阶段是她情感萌动的敏感时期，会把自己内心对美好爱情的愿景，投射到爸爸妈妈的关系之中吧？我也因之时刻提醒自己，一定要好好地给她做出表率，让她树立正确的爱情观。

传　承

习近平总书记在十九大报告中指出："青年兴则国家兴，青年强则国家强。青年一代有理想、有本领、有担当，国家就有前途，民族就有希望。"

十九大开幕式那天，我和大慢参加单位组织的集中学习。爷爷和奶奶把孩子送走后，也坐在家里从头到尾、全程观看了直播。

七十多岁的老两口，普通老百姓，工薪阶层。一辈子恪尽职守、兢兢业业，退休以后有房子住，有足够生活的退休金，有社会医疗保险。像大多数北京百姓一样，他们关心政治、喜欢听新闻，每天读书看报是日常生活密不可分的一部分。对惠民政策深表满意，对组织深怀感恩，对当下生活深感知足，有刻入骨髓的民族自豪感。虽偶尔也会对时下的个别社会现象嗟叹，但一听新闻又会立马热血沸腾起来，瞧着那恐怖主义啦、国际纷争啦满世界闹腾，便会感慨生活在一个和平、民主、日趋繁荣昌盛的国度是多么重要、幸运。

小慢从小就有着深深的爱国主义情怀和集体主义观念，自制、勤劳、积极向上，充满正能量。记得五年级时有一天，放学回家后第一件事，就是打开电脑观看“砥砺奋进的五年”大型成就展网上展馆。按学校要求撰写网上留言时，她跟我说:“青年兴则国家兴，青年强则国家强，但我查百度百科，青年是 14 ~ 35 周岁阶段，所以我的留言是:‘作为一名少先队员，我一定要好好学习、奋发有为，努力成长为有理想、有本领、有担当的青年一代，为中华民族伟大复兴的中国梦接力奋斗！’”

是的，这就是一个 11 岁孩子的思想情感和真实表达。周末，我打印了十九大报告带回家，睡前发现小朋友竟很认真地在翻看，我好奇这么小的孩子到底能读懂多少，便让她说一下感想。没料到她的话竟铿锵有力，很有担当：

首先，习近平主席总结了一下党的十八大以来做的所有工作和取得的优秀进展，要求全面建成小康社会，扎实推进现代化建设，打好扶贫攻坚战。

随后，习近平主席强调了需要做的进一步工作，让压茬拓展改革的广度和深度；习近平主席要求社会人民当家做主，每个人都有发言的权利和为社会做贡献的机会；所有的领导人和官员要有所作为；习近平主席鼓励我们好好学习，努力发展教育，为祖国贡献力量；习近平主席也要求努力发展军事，让军事的武器设备现代化，使我们的祖国成为军事强国。

最后习近平主席对所有的工作做了总结，并重申一遍所有的正面理念和思想，激励大家按照马克思列宁主义、毛泽东思想、邓小平理论作为发展方向。

通过这篇报告的主题，我听到看到感受到并深深地知道，我生命的意义就是好好学习，天天向上，扬帆起航，力争为祖国做一份贡献。我将来的理想并不大，也许只是随遇而安、努力找到一份踏实的工作，但我一定会尽力在我的岗位上尽职尽责，做出自己的贡献。我最喜欢的课程是信息课，我一定会努力从网上了解更多建成现代化社会的资料，或许将来能为祖国做更多贡献，我一定会更加努力的。

最后的落点尽管有点低，但她能够大段大段精准地说出这些语句，甚至“压茬”这个词，还是让我很震惊。孩子的语言很质朴，踏踏实实、尽职尽责是做人之本，不然谈何理想、谈何贡献呢？何况孩子是成长的、发展的，等她长大以后对人生有了更深刻的认知，还会不断拓展视野，有更高的理想和更切实际的追求。

仔细想来，除了学校教育，我们确实没有特别引导过小慢，可能日常生活习惯和言传身教起了一定作用。从上小学开始，每天早晨六点钟，爷爷奶奶都会准时打开收音机，从《国防时空》到《新闻和报纸摘要》全程磨耳朵，出门前还能听到五分钟的《新闻纵横》。她很早就对各种新闻词语朗朗上口，还常常把听到的一些新闻讲给我们听，近年来更是对“一带一路”“供给侧结构性改革”和“去产能”等词汇耳熟能详。所以，学校组织大家学习社会主义核心价值观时，她很快就背了下来，对词语内涵也理解得相当精准。

我们平时在家里聊一些学习内容和写作材料时，她都会很感兴趣，对我们在电脑上奋笔疾书相当敬佩并羡慕，平时也非常喜欢看书和写东西。刚刚升入五年级，作为大队委员，她代表老队员致辞时说：“《资治通鉴》曰‘尽小者大，慎微者著’，就是说‘在许多小的事情上努力，才能干出大事业；能够在小事上谨慎，德行才能显耀’；列宁也说过‘要成就一件大事业，必须从小事做起’。就让我们携起手来，从小事做起、立远大志向、长过硬本领，让胸前的红领巾焕发出属于每个人自己的一份独特风采吧！”她言语中折射出的思想光芒和流露出的担当精神，让大家甚为惊叹！

我常常想，“道路自信、理论自信、制度自信、文化自信”靠的就是一代又一代人的接力传承。那么传承是什么呢？我们在教育孩子过程中，怎样实现与他们的共同成长呢？也许，有人会觉得，对孩子思想层面的发展太过注重，是不是有点极端？其实，我们并不是一本正经地给她专门灌输，有时甚至跟小慢开玩笑：“盯手机的时间不要太长哦，共产主义接班人能老盯屏幕吗？”小慢就会笑着说：“是呀，将来一群瞎子咋干活？”然后乖乖地去做别的事情。

眼睛瞎了不要紧，心瞎了可就没有希望了。我们都在憧憬信息化时代到来后的欣欣向荣、人工智能时代的种种便捷。现在各种学习工具已铺天盖地而来，很少有人离得开网络这个大环境。利用得好，它是老人们拓展视野的途径，年轻人提升效率的工具，孩子们增长知识的途径；利用不好，良莠不齐的参与个体便会让它沦为一片蛮荒之地，彰显人类原始时代的“刀光剑影”。

不是吗？如果没有正确的“三观”引导，那些刷屏对骂的群体、那些恶意攻击的八卦、那些垃圾情绪的宣泄都会积聚起太多负能量，影响年轻一代的思想和品格。互联网进入门槛的无限降低，让会识字、有手机的人们成为更自由的个体出现在各个场合，这就像无数的种子散落在花园里，阳光、土壤、空气再好，驻扎起来的监管篱笆再牢，花园优美的风景还得靠一粒又一粒种子健康成长。

每个时代都有每个时代的精神，每个时代都有每个时代的价值观念。我们的下一代，唯有从小就引导他们处理好理想和志向的关系、努力和奋斗的关系、思考和思维的关系、品格和意志的关系，才能让中华民族伟大复兴的中国梦在一代代青年的接力奋斗中变为现实。

到人群中去——如何看待别人的目光

小慢出生时，医生说："这孩子将来的世界有多大，全靠家长的双腿了！"为了能让小慢将来走得更远，我们争分夺秒、埋头康复。

但随着小慢渐渐长大，我们不得不面对两方面的现实问题：一个是，小慢的世界，到底是靠脚步去丈量，还是要靠眼界去考量？另一个是，小慢的世界，是靠我们给予，还是她自己去感知？

还有，除了她自己对世界的认知，世界对她的认知又会怎样？这两个方面缺一不可，都是决定她内心幸福程度的重要因素。当她需要独自面对这个世界时，她又该怎样去解读别人看待她的目光？

我原本是个寡淡的人，不喜热闹。最大的爱好就是，择有阳光的午后，捧一杯清茶、读一本好书，尽享文字盛宴。可是，见山见水后的归隐，方能心安。一个崭新的生命，在她尚未全面感知世界，未能恰当定位自己的人生时，又怎能用我的双腿局限住她的选择呢？

唯有勇敢地走出内心的舒适区，带她到人群中去，才是给她的最好的引领！

一

3 岁之前，小慢的活动领域主要是医院和家里。

尽管，我总是尽量带她多去参加熟识的亲友聚会、婚礼等活动，但从我内心深处来讲，还是忐忑的，自己也没有完全准备好如何应对外界对我们的关注。

3 岁以后，我们每年都带她出去旅游一趟，长城、海边、大山、草原，都留下了我们的足迹。火车、汽车、飞机和船都带她体验过，唯有北京的地铁，至今还没敢带她去尝试那份拥挤。

海边还好说，可以踏踏实实地踏浪、在沙滩上待着。其他地方，小的时候我们就带着那种稍大的童车，抱不动就推着，爬山时就四口人轮流抬着。稍大一些时，便鼓励她自己走走，她曾靠自己的力量登上长城，也曾努力爬上了普陀山。

小慢尤其喜欢刺激的游乐项目，胆子特别大。为此，我们带她专程去了一趟上海的迪士尼。尽管那两天恰好天气不好，也没能排上几个项目，但她非常开心，便足够。

小慢也常常跟着晨光康复中心的志愿者们参加活动，到郊区、公园游玩，观看节目，或是包饺子、画画类的活动。这些志愿者大多是二十出头的小青年，有高校的学生和企事业单位的职工，个个活泼、善良，充满青春活力。小慢跟他们一起，总会很开心。他们中的一些小姐姐，至今还跟我们有联系，经常惦记着小慢。

上学以后的小慢，跟着喜欢的王老师学习声乐，跟着喜欢的 Hedy 老师学习英语，补习班上也结识了很多小伙伴，都是那种家教极好、品学兼优又不失活泼的孩子，我与他们的妈妈也成了很好的朋友。

在这些舒适领域里，我和小慢感受到的都是温暖和快乐，没有特别的关注和目光的考量。但跨出这些小圈子，比如去参加声乐、英语考级或一些项目的比赛时，就不同了。在北京，这类的考试都极其疯狂，常常是数千人的阵仗。我们出现在这种场合便显突兀，常常引来各种关注。

即便如此，我仍不后悔所做的选择。

当年，对于小慢上学的问题，我从未放弃过期望。我希望她能够随班就读，跟其他孩子一样接受正规的教育，而不是寻得一个有人照看的地方，就此一生。我始终认为，孩子上学能够培养成就感和建立伙伴关系，对她将来自理、自立有非常重要的意义。

小慢 6 岁半的时候，除了考虑身体条件不具备，入学政策也是一个局限因素。第二年，晨光康复中心的张院长参加一个会议回来后，非常兴奋地告诉我们，小慢她们几个有希望了，马上要出台随班就读的入学政策了。于是，我们跟所有人一样，在平台注册信息、登记，按划片政策如愿进入了小学就读。

自此，世界在小慢眼前展开了崭新的画面。

一年级是过渡期，主要夯实她的功课基础，调理好生活起居以及学习和康复日程。二年级以后，在学校和老师的关注下，小慢发挥语言优势，经常作为学生代表登台发言，并担任学校广播站的广播员、班干部和大队委员等。

恰好朝阳区青少年活动中心搭建了很好的平台，组织了很多有意义的活动，小慢便经常代表学校参加演讲、朗诵、讲故事等比赛，眼界渐渐打开，性格也变得更加自信和开朗起来。

渐渐地，我们看到了更多人生的可能性。

二

一路上，我们看到了无数的坚持和希望，拥有了很多机遇和成长，得到了很多理解和帮助，收获了很多友谊和温暖，体验到了普通孩子能体会到的那种快乐和幸福。

但我们毕竟不普通，不能像别人一样悄悄隐入人群，安享自己的小天地。

我们出行到各种场合中，注定要被别人另眼相看。这些关注中有善意的、有恶意的，也有没有任何意思、纯属好奇的。比如，我们印象比较深的几种情况：第一种是纯粹好奇的，以老人家居多，直接过来就问，这孩子咋回事啊？真可怜啊；第二种是出于本能关注，一般小孩子居多，会非常直接地、用眼神追着看，然后或大声或小声地跟家长议论；第三种是善意的，犹豫半天，非常不好意思地过来聊两句，然后热切地推荐自己认为有效的治疗方法，或者介绍身边类似的例子给予鼓励，有人会非常热心地帮我们开门、拿东西，做能帮到的任何事情；第四种是恶意的，就是说一些嘲笑的话，或者不顾孩子的感受没完没了地追着打探情况，仅仅为满足自己的猎奇心。

小病友群的妈妈们，对此也做过无数次的讨论，大家的遭遇五花八门。我们的孩子在各个场合，就是一面镜子，可以照出人的善良与包容，也能照出人的狭隘与粗俗。

有的家长因此非常困扰，不堪其苦。

三毛说，我们不肯探索自己本身的价值，我们过分看重他人在自己生命中的参与。于是，孤独不再美好，失去了他人，我们惶恐不安。

可是，谁又能是一座孤岛，洒脱地活在自己的世界里呢？往往，很多人一辈子都受困于如何处理好自己与他人、自己与世界的关系之中。

记得看过一段柴静对李亚鹏的专访，他说，知道李嫣的病情后，第一反应也是尽量避开人群，甚至想过移民美国。但后来他们想，未来的日子该怎样去过？躲起来之后，即使环境好很多也永远不可能快乐，因为人生最大的困难其实来自自己的内心，而不是外界。如果屈服了，这种失败感别人不知道，自己的内心却清清楚楚，骗不了自己。而且，一个逃避的行为和心理，一定会影响到孩子，那她长大了又该怎么去渡过心理上的这个障碍或者难关呢？所以，他们选择了面对，主动公开，走出去。甚至专门设立基金会，借由女儿的这个问题去扩大影响力，帮助更多人。

所以，痛苦的真正根源不在于别人怎么样，我们注定如此，只要出门就会面对关注，只有搬走自己内心的障碍，才能坦然面对外面的世界。

孩子需要如此，家长更需要。

我们每一个人，都不是活给别人看的。活给别人看的人生，注定将会以辛苦为始，以虚空为终。处理好自己与自己的关系，方能更好地处理自己与他人、自己与世界的关系。

这个道理，我也是后来慢慢觉察、体悟并认可的。在试着自己走出来，学会正确面对自身与外界关系的同时，我也开始给小慢灌输一些理念，强化心理建设。

首先，她很小的时候，我就跟她说，每一个孩子都是独一无二的小天使，纷纷飞向地面找妈妈。只是她向我飞来的时候，我走神了，没接住她，便不小心把她的翅膀弄坏了。所以，这不是她的错，任何人的任何评价她都不必理会，别人问询时也大可以坦坦荡荡地跟对方讲自己的病情。我还给她讲了我偶遇的一个小女孩的故事，那个小女孩三岁时因煤气中毒损伤了脑神经，自此便只能坐在轮椅上。可她非常开朗、阳光，主动笑呵呵地讲述自己的情况，那阳光般的笑脸深深感染了我。我跟小慢讲了当时的内心感受，以及对小女孩的尊重和欣赏。小慢自此在心目中就树立了一个正确的自我定位，但凡有人问我们时，她都会主动去讲，从不回避。

后来等她再大一些了，我就把我们遇到的各种情况一一跟她探讨，让她学会辨识不同的情况，明白内心该怎样面对。

对于那些纯粹好奇或出于本能反应的，我让小慢换位思考，想想自己如果遇到一些不太一样的事情时会怎样？比如看到一个人的头上有个巨大的包，或者戴了一顶特别与众不同的帽子，或者说话特别奇怪等，自己出于本能心理会不会好奇、关注？推己及人，自然能理解别人关注自己的行为，自然也就不在意了。

对于善意的关注，我让小慢学会及时回馈，积极向别人表达自己的感谢。对于恶意的行为，我告诉小慢，她与对方人格上是平等的，甚至是优越于对方的，大可不必在意。因为，我们只是身体有缺陷，影响生活质量而已，对方残缺的却是人性、道德、情商等，影响的可就是人生质量了。

从某种意义上来讲，内在缺失的人，是往动物本性逆向生长，这种缺陷永远也补不回来。

三

现在的小慢，有安全感、有适度的自尊、有自我价值和成就感，更有对自己的约束和要求。

她从不避讳谈论自己的病情，也从不惧怕去任何场合。对待别人的关注，她内心有自己的一套应对体系。

我们也常常一起探讨一些书或一些经典人物的性格特征和心理解析。很多有关人物童年成长和心理历程的书籍，我都会写成书评讲给她听，让她通过这些故事去正确解读他人、认识自己，从而学会释然。

千万不要小看一个小孩子的独立思维能力，她常常会有很多自己独到的见解，令我震撼。譬如，考声乐九级的时候，适逢考试改革需加试音基。由于刚注射了肉毒素，我们是推着轮椅去的。偌大的中国音乐学院，数千考生，等候在入口处的家长们密密匝匝排成两排，我们就在数千人的注目礼中往返了四趟。我虽早已习惯和坦然，但回家以后，还是再次认真地跟小慢探讨这个问题，问她当时是何感受。她竟然这样跟我说："妈妈，我是去考级的，心思都在怎么实现自己的目标上，别人跟我又有什么关系呢？"

我不禁释然。想起入学之初，在《戴表大仙奇遇记》序言里写给小慢的殷殷叮嘱，竟当真在她心底播下了种子，如今已长出枝丫，荫庇了她美好的心灵。还有，也许多年坚持带她出行、参与各种活动，她才会内心如此强大、豁然，才有了对自己、对他人，甚至对人性如此独到的解读。

就像李亚鹏所说的那样，不给他们任何特殊的对待，就是对待他们最好的方式。如果不是成人给孩子的灌输，瞪着一双纯净眼睛看世界的孩童，又怎会在心底打下千千结，日趋纠结和复杂呢?

是啊，世界是自己的，与他人又有何干呢? 告诉她自己的确与众不同，告诉她每个人都平等地拥有这个世界，告诉她每个人都有自己独一无二的特点，告诉她要正确认识自己的长板与短板，告诉她为什么要康复，告诉她世界不一定是自己眼睛所看到的样子，从而不执迷、不钻牛角尖，告诉她我们没有义务去面对所有的人，只需对自己的内心负责。

木心有一句话说得特别好——真正的成熟，是在经历很多事情后，依然能够将内心与这个世界进行剥离。享受人生而不沉湎，历经苍凉而不消极。人不可能一经苦难就立马变得深刻，这份深刻，或许源于对心灵伤口一遍遍舔舐后的锤炼，或许源于历经沧桑后内心的日渐丰盈，更或许源于阅人无数后，推己及人的那份共情。

我希望小慢能始终明白，即便身体陷入困境，生命也一样可以拥抱梦想和希望。最重要的其实是，要拥有独立的人格、觉醒的自我意识和健康的兴趣爱好。这些，都决定了将来的幸福能力。

如果，将来的小慢需要我们一辈子去陪伴和照顾，那又何妨不把它当作“塞翁失马”的恩赐，视为原本不敢企及的幸运呢？

读书、行路、看世界，当我们打破内心的藩篱，带着有着一脸灿烂笑容的小慢去面对这个世界时，世界回馈我们的是越来越多的温暖，我们也因此结识了更多的朋友，学会了如何更好地面对自己的内心和生活。

感恩磨难，我们没有因此变得防卫和坚硬，反而变得温情且柔软。

第五章

生命的姿态

达尔文曾言:“生存下来的物种并不是最强壮的，也不是最聪明的，而是最能适应变化的。”一心一意的坚持从来不是唯一的出路，放弃也不是。能永远行所当行、认清自己的心意，该坚持时坚持、该放弃时放弃，接受当下才是最好的选择。

走到生命的哪一个阶段，都该全情喜欢那一段时光，拥抱那一时期的自己，完成那一阶段应尽的职责，在岁月的长河里顺生而行，不沉迷过去，亦不盲目地梦幻未来。不管正经历怎样的挣扎与挑战，或许我们都只有一个选择:虽痛苦却依然坚持微笑，屏息凝神、致敬黑夜、等待光明!

一切和合事物无法恒常存在，源自“我执”的任何情绪都无法解决问题。愿我们摒弃那些不必要的焦虑、不安和恐惧，从过去的生活中汲取经验和智慧，恒久忍耐、平和喜乐。

两个世界——学会与孩子共情

妈妈，我们一家人永远是亲密的。因为，我愿意让自己站得更高、看得更远，努力够着你们的世界，而你们也愿意蹲下身来倾听我们世界的声音。

——小慢

一

4 岁多的时候，小慢特别乖，凡事都听从家长安排。一直以来，我都是那种特怕麻烦和亏欠别人的人，明知应带小慢多出去玩，但又怕别人被我们的节奏影响、玩得不尽兴，便很少主动约朋友聚会。

我的一个高中闺密，知道我的顾虑后，便总是主动约我，方方面面照应着我们。

有一次，从公园出来，临别时闺密把余下的零食统统塞给我们，让小慢带回家吃。我极力推辞，又一股脑地全放回了朋友的包里。小慢不开心了，说："妈妈你别说了，阿姨愿意给我们，而且里面还有我的巧克力哦，我还想吃呢。"

我对她的“不懂事”非常生气，更觉得这么不加掩饰地直接说出来很没有礼貌，便严厉地对她说教。但闺密制止了我，她认为，当孩子有了自主意识时就要鼓励她说出来而不是压制，孩子肯勇于表达自己的想法是非常好的行为。

其实，我自己也一直为自己的严苛而纠结。一方面，担心过于严厉会给小慢造成阴影；另一方面，又怕稍微松懈会让她变得自私和懒惰。

那天，我虽意识到自己的方法不太合适、不够柔和，对这个年龄的孩子来说标准太高，但仍觉得应该从小教育小慢学会分享与克制，想吃的话完全可以回头让妈妈再给自己买呀。闺密听了我的想法后，狠狠地抨击了我，她说：“那是你的处事方式，不是她的，这样会压抑孩子的个性发展，你有没有想过自己三岁时是什么样子的？”

闺密一直践行孙瑞雪“爱和自由”的教育理念，坚持让孩子走蒙氏教育体系，强调要尊重生命本源的样子，以爱的情感激发儿童成长的积极性，以自由的空间确立儿童自我意识的主动性。在她的教育下，她家宝贝非但没有变成一个自我、任性的孩子，反而成长得特别独立、自主，善思考、有主见，活脱脱一个善良、有礼貌的小绅士。

自此，我懂得了“我的”与“她的”之间，要把握好最重要的一点：平等。当我摒弃“我的”态度、面子和诉求以后再看孩子，“她的”一切就都是合情合理、可以接受的了。

二

二年级的时候，有一次小慢为了表达对我的不满，跟我说：“妈妈，我的第一部小说要启动了哦，笔名‘雪而’，你在里面被我写成了反面人物，是大人国的哈莱王后。我是小人国的女王，要代表人民反对你。”

当时觉得很可笑，以为她不过是随口说说。没想到，这个习惯她竟然坚持了下来。

常常，她在跑步机上边跑步边叨唠着编排，我听到了也不反对，还时不时地接话、捣乱，跟她探讨情节，甚至把我这个“大反派”内心真实的一些“邪恶”想法告诉她。

尽管在思想层面，我给了她足够的自由和尊重，但大多时候，我像所有想让孩子穿秋裤的妈妈一样，对她的康复有着较强的控制欲和焦虑情绪，且不由自主地辐射到生活的方方面面。毕竟，时间不等人，身体功能的提升如逆水行舟，不进则退，要把枯燥且艰巨的康复项目一天天、一样样地坚持下来，不是件容易的事情。

最初，我们秉承“保守疗法”理念，自上而下，从脖颈到脚踝，一点点去锻炼小慢的肌肉力量，在上肢力量没有保证前，绝对不能站立或行走。具体练习的时候，我们也是照本宣科，要求她尽可能做标准动作，唯恐姿势不对会影响效果或造成立线变形。

后来，晨光的梅大夫说：“小孩子又不是机器人，你不让她自己尝试，她又怎么能真正明白呢？你看健康的孩子学走路，哪个是教出来的？还不都是摔出来的！即便错了又怎样，学习过程才更重要。”

自此，我懂得了：成长需要“试错”，一个掣手掣脚长大的孩子，注定不会走得太远。成长过程中，放手让他不断体验新事物，激发他内在的自主性，这是自我意识发展极其重要的一部分。

三

四年级的时候，小慢因朗诵得了一等奖，有幸被选中参加《阅读点亮人生》杨红樱老师见面会。

杨红樱老师上台讲话时，我在下面拼命地记，频频点头、深表赞同，并暗下决心一定践行。她说："孩子的世界和成人的世界是两个世界，我的书之所以能这么受孩子们欢迎，我想是因为多年的教师经历，让我能够走进孩子们的内心，真正了解孩子、尊重孩子。"

因欣赏小慢在前面环节做的读书分享，活动结束后，杨红樱老师特意对她予以赞扬，承诺给小慢寄一套《笑猫日记》。散场后，同学们都排队去要杨老师的签名，我和带队老师准备带着小慢离开。这时，清华大学出版社的张老师过来表达关切，我们便聊了几句，临走时她专门鼓励小慢并跟她道再见。而此时，小慢明显有点心不在焉，回应不太积极。原来，她的心早就飞到同学们的队列中去了，想去要签名又怕我和带队老师不同意，自己又走不过去。所以，当时的她完全沉浸在自己的忧虑和失落中。

我怕带队老师后面会有急事，觉得让人家跟着一起等不太合适，就劝小慢说，到时候老师给寄的《笑猫日记》里肯定有杨老师的签名，我们不必去排那个长队。小慢不同意，她担心万一到时候没有，就再也没机会要了。

我本来又想开启说教模式，带队老师拦住了我，说："咱们刚学习了人家杨老师的理念，怎么转眼就忘了呢？咱们大人顾着在意礼节的时候，孩子正在意一个小小签名呢，这是孩子最珍视的东西，机会难得，不然人家孩子今天来这儿干什么来了？我去给她要。"

回程路上，小慢非常开心，抱着我说："妈妈，其实只要彼此有爱，成人和孩子也可以在同一个世界。"

自此，我懂得了：孩子的世界其实很简单，是我们大人常常把它复杂化，要时刻警醒，真正去理解和接纳她的世界。

四

在与小慢共同成长的道路上，我做得显然没有小慢好。我经常循着惯性，忘记蹲下来，可她却经常努力踮起脚尖，成长为我们欣赏的姿态。

现在的小慢，很懂得照顾别人的感受，特别能共情和换位思考。

譬如，小慢的 KET 考试得了优秀，非常开心和兴奋。但和小慢一起上课的小伙伴恰逢那个周末才去考，她妈妈担心小慢的成绩会给她压力。结果，小慢非常爽快地答应先瞒着，而且还安慰小伙伴妈妈："放心吧，阿姨！我一定不会告诉她的，等她考完再说，如果她问我，我就说我妈妈还没给查呢。"小伙伴妈妈直表示不好意思，小慢反倒安慰说："阿姨，这是我应该做的，正是因为她的鼓励，我才有勇气去考的，所以，我一定会照顾她的，而且我相信她也一定能考好！"一番话把小伙伴妈妈给感动得不行，觉得这么小的一个孩子，能克制自己、鼓励别人，还这么能理解别人，对别人感恩，实在太难得了。

我听了后也非常欣慰，觉得一个小孩子能够把天大的喜悦压在心底，学会延迟满足，知道为朋友担当，真的非常了不起。

更重要的是，她自己的内心是释然的，并不觉得委屈和烦恼，回头该干吗干吗，把考试成绩这事儿彻底放下了。说明在她的心里，这一切都是遵循自己内心的声音、心甘情愿去做的，而不是基于礼貌、规则、套路等，被迫做出的选择。

埃德蒙·伯恩说："爱和害怕或许组成了人类最有深刻意义的二元性，然而，前者总是能够战胜后者的。"当我摒弃自己对她成长的担忧和未来的焦虑，放弃自以为是的各种"真理"，蹲下来与她平等对话时，一切便都有了爱的力量。

生命的意义——重新考量孩子的人生

一

到了五年级，小慢的学习任务明显加重，每天只能睡前有十几分钟稍微活动活动。她最喜欢的项目就是撑着桌子跳跃，跳跃时必须伴着音乐，有时是激烈的、有时是伤感的，但必须都是外文歌曲，必须都是情感浓郁、她自己挑选的。

她是怎么爱上英文歌曲的呢？

起初大概是四处奔波求医时，路途上车子里随意播放的长期磨耳朵的曲子；再后来，是带她看过的热映迪士尼影片的主题曲：《冰雪奇缘》《海洋奇缘》《寻梦环游记》等；再后来，是小伙伴的推荐：《何为承诺》（*What Are Words*）、《微笑》（*Smile*）等。现在，她开始各种搜寻、邂逅，《随遇而安》（*Que Sera Sera*）、《在我肩上哭泣》（*Cry on My Shoulder*）、《野蜂飞舞》（*The Flight of The Bumble-bee*）、《当我们再相见》（*See You Again*）等。

每首曲子，她都说得出背后的故事和蕴含的深意。

每次，看着她沉浸其中、尽情投入，边开心地用力跳跃边和着拍子大声歌唱的样子，我都忍不住静静地坐到边上，满心欢喜地看着她。挥舞的手臂和有力的跳跃，仿佛开启了一个崭新的、充满希望的世界。

我常常会想，就这样吧，让时光就这样停留吧！就这样吧，幸福的意义不就是你在闹、我在笑吗？就这样吧，生命的本质不就应当如此纯粹吗？

我不知道此刻的她，是不是完全理解那些歌词的真正蕴意，但她一定能真正懂得歌曲传递出来的情感。因为，英文并不灵光的我，常常先从她的语气和表情里感受到歌曲的意境，再到歌词里得到印证，也常常是听了她对歌曲的介绍才了解到每首歌曲背后那个故事。

每每安顿她睡下后的夜晚，踏上寂寞、清冷的公交车，我会戴上耳机重播她方才播过的歌曲，去感受每首旋律回放的、她浓郁情感沉淀后的温热。我看向窗外，夜色朦胧，未打烊的店家透出的灯光与路灯、树影交错掩映，白日的喧嚣就这样一站一站地沉寂下去，北京的夜晚万分安宁。

二

龙应台在《目送》里谈及她的儿子们，17 岁的华飞开始认为妈妈的行为举止显得幼稚，感觉一起出行实在尴尬；17 岁的安德烈会细细地叮嘱“变笨”的妈妈一定认真看他制作大餐的全程，好学会以后做给她自己吃。

谈及自己的妈妈，50 多岁的龙应台写道，她会耐心地哄骗 80 多岁、因病渐渐失忆的妈妈乖乖睡觉，亦会不厌其烦地告诉妈妈自己当真是她的女儿。

所以，看着唱歌、欢跳的小慢时，我也总忍不住感慨生命之轮回。

我们成长并衰退、得到并失去；我们追逐并停歇，满足并缺憾。最终，所谓父女母子一场，只不过意味着，你和他的缘分就是今生今世不断地在目送他的背影渐行渐远。

那么，在此之前，能够紧密陪伴的每一刻，何不摒弃一切现世的烦忧，好好享受这份亲密与温情呢？

记不清哪一天，她开始不再大声哭泣了，委屈至极时也只是瘪着嘴，眼泪就那样默默地流淌下来，克制又隐忍；记不清哪一天，我开始向她撒娇求抱抱了，她会豪气地把我一搂，应付性地安慰我一下，转头又专注去做自己的事情；记不清哪一天，她开始不再热切地望向教室门外了，而是把小手藏在腰间急急地冲我摆动，示意我不要在学校过久逗留。

生命总会回馈我们太多的惊叹，我们也总会在不知不觉中得以改变。

我不禁有一刻的恍惚，仿佛此刻的我就是龙应台年迈的母亲，在她面前亦变得乖巧、安静下来。

三

于中年至暮年，生命渐渐归于沉寂。

如《无问西东》言："如果你们提前了解了你们要面对的人生，是否还会有勇气前来？"我想说的是，如若年少时邂逅能预言未来的智者，告诫我们无论功成名就还是落魄艰辛，无论一生汲汲营营还是普普通通，都终究敌不过宿命，我们会不会因此重新规划自己的一生？

于青年至中年，且不说生命历程中没有时间去感慨，即便智者为我们揭开生命那蓬勃生长的神秘面纱，我们亦不会停下奔跑的脚步吧？

因为，我们单枪匹马闯入这世间，是为了活出属于自己的精彩，让一生既有随处可栖的江湖，也有追风逐梦的骁勇。

小慢的吕姐姐给我们展示穿越沙漠时拍摄的一具干尸，身着 20 世纪 90 年代的蓝色制服、胶底解放鞋，斜卧的骨架直直地望向未知的苍茫。过去的东西品质都极好，风沙肆虐后残破的衣服很是清晰，大大的白色扣子依旧牢牢把守着主人的裤兜，散落的胶鞋底还依稀可见老上海厂子的名称。没有人知道他是谁，从哪里来，要到哪里去，当初为何要穿越这死亡戈壁。

探险者们至今仍流传着那个故事：喜欢冒险运动的漂亮姑娘因意外高位瘫痪，在生命之光即将泯灭的时刻，遇到一位青年。他激情、独特、从不按常理出牌，他答应横穿归来便会娶她。等待，让女孩重燃希望；承诺，让女孩时隔数年，依旧守候在那里。这是一个真实的故事，女孩至今仍在戈壁边上开着一间旅馆。

此时，生命的意义又是什么？

于他和她，生命的意义或许是信仰、是等待、是承诺、是信任，是说不清道不明、也永远无法与他人分享的内心世界。他们曾来此体验、感受一遭，就似这茫茫沙漠，只需存在，不需诠释。

穿越，重要的也许不是完成，而是经历。

生命，重要的也许不是得到，而是来过。

融入时代的滚滚潮流——要不要对孩子有所要求

一

有了小慢之后，我自己的人生哲学里少了一些年轻时代的争强好胜，多了一份随遇而安的从容。时常告诫自己，只在踮着脚尖能触及的天花板内努力，绝不追求跳起来才能摸着的目标，永远不超出自己的能力范围去争取些什么。

但，终归不是心下懈怠的人，很多事情还是本能地全力以赴，充满忧患意识。

有一次，一个老师见我对小慢各方面要求都很严格，便跟我探讨，大意是我只需把小慢寄养在康复机构里，一方面，可以让身体尽可能多地进行锻炼；另一方面，可以让孩子参加很多志愿者活动，学个画画、唱歌啥的。

在他的概念里，这个特殊群体其实是有非常大局限性的，最好的归宿其实就是在一些政府补贴的特殊机构里，做做手工、绘画一类的事情，安安稳稳度过一生。“你看，有些自闭症孩子画的画，拍卖出去能挣很多钱呢！再加上政府给的一些补助，一个月也能有好几千，孩子生活没有问题的。”

我知道那位老师是好心，他把他认知里最好的经验分享给了我，从他的立场上希望能够点醒我，去寻求更适合的方式，然后踏踏实实生个二胎，不要选择当下这条难走的路，把大人和孩子都搞得很辛苦。

我静心想了一下，其实当下所做的一切都还在自己能力范畴之内。我只是不希望给她设定一个最低的底线，只求温饱，未来只能靠社会保障和别人帮助去生活。

何况，手工和绘画一类的事情也不是小慢擅长的，她明明非常聪明、记忆力超强、有语言天赋、乐感十足，是个有思想、有趣的人，为什么要把她封闭在一个小小的圈子里呢？

人生最大的快乐，并不是吃喝拉撒等基本生活得以保障，而是懂得并能够用心去感受这个世界，看到更美好的风景，拥有更多维的体验，品到更丰富的情感。

我觉得，随班就读可以让她培养价值感和结交同龄伙伴；好好学习可以让她养成独立自主和自我负责的习惯；升入重点学校可以让她受到好环境和思维的影响，减少受到排挤和嘲笑的风险；努力康复，尽量提高自理能力，可以提升她的外在尊严感和内在自由度。

唯此，尽情体验过人生的她，才能把成功视为“体验”，把失败视为“经历”。在所得过少时，不会终日愤愤；所得过多时，亦不会终日惶恐。

二

有一天，一位英语老师说，现在的孩子上各种辅导班，其实很辛苦的。小慢在一旁听了，忍不住念叨：“哎！为什么啊？我们有的同学周末两天都一个人被锁在家里玩，家长都不管的，不也挺好吗？”我跟她说：“孩子，你应该庆幸自己能融入这时代的滚滚潮流里！”旁边的老师说道：“是啊，有多少孩子或家庭，因为各种因素，不能学或者学不了，你们真的很幸运，家长给创造了这么好的条件。”小慢说：“嗯，也是，我应该庆幸自己有机会融入时代的滚滚潮流，而不是被浪花拍倒在沙滩上。”

老师和我相视一笑：“对了，孩子，你 get 到了精髓。”

在时代的浪潮面前，我们并不孤独，其实大多数家庭都一样要面对大量的教育问题和困境，不要试图等待孩子自己去体验、觉醒和走过，消极等待的父母是在推卸责任。

当我们无力扭转大的局势时，最大化提升适应能力和利用优势条件，才是最应该考虑的问题。

杨澜曾说过一句话：“我很爱我的孩子，但我不能照顾他一辈子，不能帮他去听，帮他去看，更不能在 20 年后帮他去竞争；我唯一能做的就是给孩子一个学习的机会，让他拥有竞争的能力。”古代尚有“孟母三迁”，好的环境会带来好的思维，这就是我们让孩子尽可能恪守本分、学好知识、升入好学校之初心。觉醒是一个人自己的事，但它需要外力和时间，我们要做的就是尽量创造好的环境，用圣贤经典和前沿资讯多加引导，帮助孩子挖掘出其内在的力量。

在时代的潮流里顺势而行，完成每个阶段应为之事，不被岁月拖行，狼狈仓促。如是，其他时间我们便可以安然静享属于自己的时光，过自己喜欢的生活。

喜欢的生活不一定有多么奢侈，有时只是一些简单的小美好。

譬如，我们喜欢把吃剩的白菜头泡在水瓶里，小慢每周末回来都会观察它有什么变化。看它很快抽出长长的花蕊，长出嫩绿的新芽，开出娇黄的小花，朝着太阳的方向生长并弯下温柔的脖颈，小慢便会惊叹生命的神奇！我们还喜欢把发芽的红薯，随意丢到盆里，不时地亲手浇灌，看着它漫不经意间悄悄长成一盆风景，欣喜不已。周末的午后，我们喜欢在阳台上晒着太阳伴着茶道看书，有时也去公园或者书店逛一逛，在有限的生活空间里、在平凡的日子里，去感受风、感受雨、听花开、听生命的力量。

我们不是白疯的——努力才会有回报

一

高年级以后，我们也曾一度调整生活重心，全力以赴抓学习。除了奥数，我决定根据小慢的喜好主攻英语，冲刺剑桥系列的考试。

经过一个学期的积累，我们和英语班上的几个孩子一起，第一次踏入了全国统考战场。

一天的考试，孩子们在里面拼杀，妈妈们在场外激烈地探讨和交流“虐娃”经验。每次这种场合，我都是那个不断被洗脑、激励，对别的妈妈疯狂崇拜、自叹不如的那一个。

最大的感悟是“天下妈妈一般黑”，战斗经验只有更丰富，没有最丰富。

我们的核心人物是晨妈，一个小学霸帅哥的妈妈。她是全职妈妈，精钻各种培养孩子的资讯，被身在海淀的同学们天天提耳、洗脑，仍觉得自己做得远远不够。她说，有一天，晨爸批评她，差不多就行了，给儿子这么多任务，你疯了吧？晨妈凤目圆瞪，绘声绘色地给我们描述："我说，我们可不是白疯的……"妈妈们不禁爆笑，集体认同这个理念，并把群名改成了"我们不是白疯的"。

回家路上，我跟小慢讲起这件事情，她也跟着哈哈大笑，说，我们现在有两句至理名言了：一句是"庆幸能融入这时代的滚滚潮流"，另一句就是"我们不是白疯的"。

二

其实，人生就是这样，一时一境。在不同的人生阶段，不断打开眼界、调整定位、寻得归属，不追求不切实际的目标，亦不故步自封、落后于时代。

当初，如若不是树立"埋头苦干，不问结局"的信念，给自己定下"取消一切娱乐活动"的教条，抓紧一切时间疯狂锻炼，小慢也许至今还跨不出家门。

而现在，若不能理性地去面对现实问题，为小慢成长创造必要的环境并为之努力，我们在未来也许会面临更多瓶颈和制约。

曾经，我们为练习肺活量而举着手臂跟小慢一起大喊大叫，创造出无数辅助跑步机和健身车锻炼的小游戏，按摩时背古诗、吃饭和学习时在站立架上牵伸，睡前听着诗词或名著课程用蜡疗袋热敷、绑沙袋腿等，把"虐娃"心思用到了极致。

但因此，我们也收获了一个爱说话、爱唱歌、爱英语、爱笑、爱逗乐、博览群书、爱编故事，有着小小腹肌和大臂肌肉的女儿。

梁启超说："凡人必常常生活于趣味之中，才有价值。"

我们都盼望着教育资源均衡化能早日实现，但毕竟很多事情需要时间，从跨出第一步到产生成效，需要一个过程，教育政策也是如此。

不能听命于自己者，就要受命于他人。有时，不空想，亦不抱怨，在理想与现实之间，行当做之事，并寻得趣味，方为正道。

三

也不是没有纠结，海淀的闺密有一天就跟我感慨，后悔把孩子的学籍放到这么一个竞争激烈的地方。

课余仅随大流报的基础课就有五个，周末整天都漂在外面，各种赶场。正处于好动、贪玩阶段的男孩子，情绪便经常崩溃，与同学的小冲突不断。那天，孩子依照闺密制定的奖惩规则，好不容易争取到 20 分钟的自由活动时间，竟然是为了看一个科普频道的节目，这原本应是鼓励孩子体验的领域啊，如今却因学习变成了额外的奖赏。

所以，疯也要适度，根据各自的情况量力而行。

我常常跟小慢探讨这个问题，敞开心扉跟她倾诉我们做妈妈的苦恼。

我告诉她，没有给孩子足够自由活动的时间，大人也很无奈，也很心疼，但我们每个人都得在适应社会和大环境的前提下，再去谈如何做好自己。只有这样，我们才能成长为一个有价值、有能力的人，才能够拥有自由，进而成为时代的推动者和制定新游戏规则的参与者。否则，我们连入门的资格都没有，哪有话语权呢？还不是要一辈子受规则的约束。

譬如，小慢一直喜欢的老秦阿姨，18 岁以前就是踏踏实实、安守本分的好学生，从理想的大学毕业后，从事了一份既喜欢又不错的工作后，才有资格自由地去实现儿时的梦想，做自己喜欢的事情，钢琴、溜冰、开民宿、游世界，流连于德云社，痴迷于“德扑”竞技等。

让孩子参与到这些有关人生大计的思考，或许为时过早，但总比她不明就里、以为自己是不得已顺从要好。如此，在日常的大事小情中，她便能正确解读一些事情，自我化解心头的情绪。

所幸，小慢深得此训精髓。譬如，有时我们一起锻炼腿部力量，兴致高涨时她会让我摸她大腿上的肌肉，问是不是硬邦邦的？我若很夸张地说：“哇，这肌肉，简直太厉害啦！”她便会非常不以为然地说：“那是，我们可不是白练的！”

我想，也许我们的理念还会因各种因素而不断变化，但只要我们能够始终保留一颗敞开、坦荡的心，相互信任，一起努力，便一定能够于流动中，不断修正和前行。

随遇而安吧——学会放手

一

When I was just a little girl,（当我还是个小女孩，）

I asked my mother,（我问妈妈，）

What will I be?（将来我会变成什么样子呢？）

Will I be pretty?（会漂亮吗？）

Will I be rich?（会富有吗？）

Here's what she said to me:（她对我说：）

Que sera, sera,（世事不可强求，）

Whatever will be, will be;（顺其自然吧；）

The future's not ours to see.（我们不能预见未来。）

Que sera, sera,（世事不可强求，）

What will be, will be.（顺其自然吧。）

When I grew up and fell in love.（当我长大并恋爱了。）

I asked my sweetheart,（我问我的心上人，）

What lies ahead？（我们将来会怎么样呢？）

Will we have rainbows day after day？（生活每天都美好吗？）

Here's what my sweetheart said：（我的爱人对我说：）

Que sera，sera，（世事不可强求，）

Whatever will be，will be；（顺其自然吧；）

The future's not ours to see.（我们不能预见未来。）

Que sera，sera，（世事不可强求，）

What will be，will be.（顺其自然吧。）

Now I have Children of my own.（现在我有了自己的孩子。）

They ask their mother,（他们问我，）

What will I be？（将来我会变成什么样子呢？）

Will I be handsome？（会英俊吗？）

Will I be rich？（会富有吗？）

I tell them tenderly：（我轻声地回答：）

Que sera，sera，（世事不可强求，）

Whatever will be，will be；（顺其自然吧；）

The future's not ours to see.（我们不能预见未来。）

Que sera，sera，（世事不可强求，）

What will be，will be.（顺其自然吧。）

Que Sera，Sera！（顺其自然吧！）

几年前曾把这首《随遇而安》(*Que Sera Sera*)唱给小慢听，可惜她那时年龄尚小，未能入心。

前几日，她在一期“薄荷阅读讲义”的音频中无意发现，竟一下子就喜欢上了这旋律，当下就学会了哼唱。听我说起她小时候没有引起共鸣的事情，便更感兴趣了，特地去查阅歌词，一遍遍听，对歌曲传达出的理念理解到位且深表赞同！

是的，很多事情，要随遇而安，就像这首歌之于小慢。在她心智日趋成熟、英语和声乐都成为喜好并精专的时候，一切便发生得自然而然。

未来会怎样，我们不知道。但，如果未来有无数种可能，我们总归要对它的样子有所期许。如果没有具象的种种，恐怕也只是一厢情愿的空想吧？

所以，我想尽力打开自己的眼界，为预见小慢长大以后的无数可能性，也为了让小慢对自己的未来更充满憧憬和信心。

最好的办法当然是看书，家里到处都是书。小慢常常随手拈起一本，不管我的还是她的，瞬间沉静并沦陷进去。

我始终觉得，每个人的生命都只是一条线，通过读书，便可随着书中人物的种种情感、命运和经历，去体验网状的人生。而认知这东西，既要不断地核实和订正，更要广泛地链接和绑定。只有对各路知识持续积累、融会贯通，才能跳出固有思维模式，得以升华。

我们常常不经意间随意翻开一本书后，惊喜地发现，里面的一段文字刚好解答了当下的困惑；也常常不经意间邂逅一个人物，他的经历，刚好给自己当下的卡点指引了方向。

所以，我们基本什么书都看，比如新借阅的《你所谓的稳定，不过是在浪费生命》，翻开作者的简历，便已惊到，这该是个什么样子的人哪！考入多少人羡慕却挤不进去的重点军校后，却坚持退学，加入了新东方主讲英语课程；后考入北影进修班、做导演；风头正盛的时候辞职离开新东方，成立自己的工作室，粉丝数十万；同时在知名网课任教、出版畅销书等。

常言道，生命不在于长度而在于厚度。有的人，一天便活出了一年；有的人，却把数十年过得如一日。

就像他这本书的书名，你所谓的稳定，不过是在浪费生命。书中讲了一个个年轻人鲜活的故事，蕴含了一个个刺痛人心的生活道理。我亦希望，按传统、常规培养的小慢，成长过程中，可以从这些不按常规出牌的人生中，看到更多的可能，直至构筑出自己的一套思想体系。

二

苏格拉底说，不经审视的人生，不值得一过。

也许，励志已不是我这个年纪该有的事情了，但它是成长中小慢所需的营养，便值得在头脑中储备。

如果不读书，我或许不会清晰地认知到，未来是知识爆炸的时代，生物医学、人工智能发展日趋鼎盛，互动经济时代大家的生活、工作模式可能会发生巨大的改变。相信小慢只要在优良的教育环境下完成学业，好好发展语言方面的天赋，将来就一定可以发挥专长，从事一份自己喜欢的工作。

再回首自己那几年康复“埋头苦干，不问结局”的攻坚和当下全方位教育培养、注重亲子陪伴的全力以赴，我想，我和大慢所要做的，就是踏踏实实、尽全力帮她康复，提供教育环境。等她长大后，支持她自由地选择自己喜欢的生活。

对的，自由。

我们常常跟小慢说，现在让你刻苦、努力，是为了让你掌握更多的本领，未来实现真正的自由。真正的自由，是对自我客观的认知、指尖流淌的才华和内心深处的安然吧？

那份安然源自哪里呢？我想，当源自家人无条件的爱与陪伴，源自内心体验的不断丰富与拓展，在书中、在路上吧？

虽然决定内心幸福感的是眼界和心态。但唯有二者匹配，一个人才能正确面对外界的压力和内在的冲突，与这个世界实现终极和解。

第六章
人来人往

有一期的《奇葩说》，柏邦妮感慨“心里全是苦的人，要多少甜才能填满啊”时，马东接话说：“你错了，心里有很多苦的人，只要一丝甜就能填满。”十年，小慢给了我很多欣喜、惊叹！而因小慢集结在身边的奇妙情缘，他给予我的那些甜，更是让我常常忍不住感怀岁月的恩赐：那些温暖我们的人，那些瞬间的感动。

蔡崇达在《皮囊》里说，路过我们生命的每个人，都参与了我们，并最终构成了我们本身。我希望，小慢长大后重温这些伴随成长的爱与温暖时，会珍惜自己，更有价值感和责任感，并学会将这份温暖传递下去，加倍施予他人，给一生邂逅的所有处于崩溃边缘的人，帮上一把。

还有相随相伴我们的人，也希望他们通过我记录的点点滴滴，看到自己身上的光，回忆一起度过的那些岁月，加倍珍重当下的美好。

过去的每一天，苦也好、乐也罢，都是成就今日的客观存在。

如若是痛苦的痕迹，回忆便是擦拭，记录的过程密密匝匝制作出一本经验说明书，日后无论再多坎坷，它都可以直观地引领我们走出低谷。

何况，回首时发现的，竟大多是往日似曾忽略的小美好和小确幸呢！

点亮心头那盏灯——“圈子”里的故事

也许，顺风顺雨的人生不会暴露一个人真实的人性和内心的底线，但经受磨难时，它会像照妖镜一样，把平日里用物质和成就装扮起来的伪装一一拆穿。

几乎每个人的人生都会遭受磨难，早晚而已、多少而已、大小而已，即便有些事情旁人看来不算什么，当事人自身却苦于其中，难以挣脱。

十余年，我们邂逅了无数病友，见证了无数悲欢，又通过他（她）们听说了更多的故事。他们中间有的选择坚守，有的选择逃避，有的亲人背弃、雪上加霜，有的屋漏偏逢连夜雨、厄运接踵而至。

但，大多数，都选择了迎难而上，笑对人生。

有些妈妈，她们的信念与坚守是榜样，时时点亮我心头那盏明灯，引领我走出内心灰暗的沼泽，不致沦陷。

一

新新妈妈是通过博客认识的。她也喜欢文字，是个内心细腻、温婉的女子。

在生新新之前，她是个只想“养花养草，喝茶读书，过悠闲生活”的可爱小女人。她说，自己现在变成了一个怀揣伟大梦想的剽悍老女人，最应该感谢的是新新。

新新今年 12 岁，仍不能说话、不能独自吃饭、不能站立。

可是她，十年如一日地给他按摩、喂饭，把他收拾得干干净净，然后推下楼晒太阳。唯一不同的是，新新小时候，他们奔波在北京、东北、深圳、福州等可以康复的任何地方，现在则安营扎寨待在家里。

以前，她边带新新遍寻康复之道，边在集体中与大家面对面交流，现在是在家里，边给新新按摩边祷告，或边听音乐、读书边与友人微信联系、写博客等。

时代一直在进步，她也一直在进步，而新新一直没有进步。

但她从未放弃，她说要做新新的翅膀，带着他去看外面的世界。

邻家的小男孩，每年假期回来，都会来看新新，问哥哥什么时候可以下来跟他一起玩。她每次都耐心地告诉他：“哥哥生病了，他可能永远不能走路，不能跟你玩。”小男孩说：“没关系，那我就坐着陪哥哥玩。”然后围着新新的轮椅跟他自说自话地玩耍。

小男孩从一开始那个蹦蹦跳跳的小豆丁，到几乎超过她身高的半大小伙儿，今天被老师表扬开心了、明天跟伙伴打架沮丧了……她就这样年复一年地看着、听着。心情从最初的一点点心酸，到羡慕、到感动，再到释然。

她说感恩新新，如果那个小男孩是新新，她不确信自己还能否如今日这般，有足够的能力和智慧给予他幸福，能否就不必经历这些年的辛劳、焦虑和疲惫。她觉得新新的生命亦算完整，他虽永远停留在最初的混沌，但阅尽千帆、不必亲历，也是上帝的恩赐。

简单的一段话，就这样把那十年光阴轻描淡写地一带而过。

想当年，她带孩子在深圳治疗，心情也曾数次差到极点。

她觉得自己这个曾经的高才生、学霸、优秀教师，人生只能用“失败”一词形容：除了有一个病孩子，什么都没有！她也曾愤恨又委屈，纳闷自己不是一个坏人，一生良善，凭什么要摊上这样一个孩子，凭什么又穷又累看不到希望？她崩溃，日夜难眠、以泪洗面。然而，每每看到新新的笑脸和无助，她便又打起精神，读经、祷告、学习康复知识，一点一点自己走出低谷。

而今，她释然。

每日伴着诗、书、茶、画守在孩子身旁，听各地病友、网友和身边亲友每日诸多烦忧和八卦，面含微笑地给别人疏导、劝慰，似天空悠闲飘散的一朵白云，独庇护一方安静的心灵港湾。

她说，既然这是命运的裁决，何不接受，并活出自己的精彩。

二

不是所有的人都选择坚守，我们就曾知道有好几个丈夫做了逃兵。果粒的爸爸，就是其中一个。

果粒妈妈带着果粒在外地康复整整半年，回程的火车上，他还跟她密切地短信联系着。她就这样带着颇有进步的果粒和对美好生活的期待，舟车劳顿、辗转回到家中。

然而，生活非常有戏剧性。

到家以后，迎接她们的不是一个温暖、坚实的怀抱，而是一封冰冷的信。那个男人在信中说，自己承受不了现实生活的压力，望从此两别。然后，一个大活人就这样人间蒸发了。

而在此之前，他没有显露出任何迹象。

起初，果粒妈妈还曾担忧，他会不会走了绝路。她一边继续带着果粒康复，一边疯狂地寻找。然而，剧情只会更加狗血。两年后，他带着新人和新宝宝回来与她闹离婚，说房子归她，但抚养费没有。

再后来，又开始种种无良，要求跟她分房产，逼她和果粒搬离。她没有哭闹、没有状告对方，甚至连控诉都没有，选择了咬紧牙关默默地离开。

她说，当初以为他死了，既然他还活着，过去的缘分便当尘埃落定、体面分手，权当一场情劫，也不辜负自己当初牵肠挂肚、痛彻心扉的一腔心意。

当初，果粒妈妈为了带果粒康复而辞职，离婚后只能一边带果粒康复一边兼职。我们问她，是什么力量支撑她每天只睡四个小时、兼三份工的？她云淡风轻地说："因为我不光不能让果粒饿死，也不能让她随便活着啊！"

就是这样，一个男人可以忍心把一个弱女子往绝路上逼，一个女人却不肯让一个孩子随便地活着。

现在的果粒，已经是小学一年级的小豆包了，聪明活泼、美丽善良。除了左脚走路有一点点问题、左手不太灵活外，她跟其他小朋友并无二致。果粒妈妈现在是一名心理咨询师和高级育婴师，有一间小小的、自己独立的工作室，有了一个爱她、更爱果粒的男人。

大家问她："你恨那个男人吗？"她说："我感恩，因为我的力量是从他离开的那一刻才真正爆发出来的。而且，如果没有他的离开，我也许永远没有机会遇上今天这位对先生。”

我想，谁说那个男人的逃跑就剥夺了母子俩从此的幸福感？真正的苦不是身体上的苦，而是内心的折磨。

替逃兵背起行囊，懂得感恩、心胸豁达、内心坚强的果粒妈妈们，内心一定是安宁、幸福的。而心灵“苦难”会降临在那些逃兵身上，成为他们一生永远无法挣脱的良心枷锁。

三

最让我触动的是台湾“天使歌手”汪蕙欣的父母。

蕙欣在妈妈子宫里时，她的脑细胞有32个区域完完全全没有发育，尤其是负责运动、语言和体温调节的桥脑损伤非常严重。

5岁时，她仍不会站立，眼睛斜视、弱视、散光、近视，各式各样的鼻病，长短脚加扁平足，脊柱严重侧弯成“S”形，左耳有缺陷、牙齿齿颚不正，构音障碍、语言障碍、智力障碍……

然而，就是这样一个孩子，在父母常年的爱的坚持下，克服无数障碍，成为一名琴手和歌手，并随着福音宣讲团到世界各地表演，鼓舞了无数身处逆境和顺境的人。

二十几年前，台湾根本没有早期疗育。蕙欣的早期疗育是爸爸妈妈到图书馆找数据，请教脑科医生后自己研发出来的。因为医生的一句“受伤脑细胞周围仍然存着一些活的脑细胞”，为了激活这些细胞，他们按医生叮嘱让蕙欣练习爬行，在家爬，到外面的草坪上也爬。为了锻炼平衡感，他们把她放在椅子上，用带子绑好，然后推着那把椅子一直转一直转。他们就这样，用自己的坚守和智慧，把动作一个个分解，一点点教给蕙欣。

可是，蕙欣是一个多重障碍的孩子，动过眼睛和鼻子的手术，没有办法控制舌头，人际关系障碍，一感冒就会发烧等。

亲戚劝他们说：“这个躺在床上不会说话、不会走路的孩子，只有政府的教养院才有能力让她长大，长痛不如短痛，还是送走吧。”蕙欣妈妈从他们的话中，句句听出“没有希望”。她不愿意因孩子拖累全家，更不愿意把蕙欣送走，便把自己和蕙欣关在厨房、打开瓦斯。

闻到瓦斯味道的那一刻，她觉醒过来：既然连死都不怕了，那还怕活吗？

现在的蕙欣，在台湾被称为“天使歌手”，经常到医院去为病人唱歌。

蕙欣的妈妈在台中荣中礼拜堂成立了一个“宝贝班”，为智障、自闭症、阿斯伯格症、唐宝宝、学习障碍症、过动等等各种特殊孩子提供教育。而且，把他们和包括资优生在内的普通孩子们放在一起，无论是特殊的孩子还是一般的孩子通通都得以进步、提升，创造出一个又一个奇迹。

蕙欣妈妈告诉我们，不要说“不可能”，我们的人生一定会有困难，这些困难就像是一座小山。只有当我们爬到顶峰往下看的时候，才能明白，人的潜能有多么大，辛苦过后的景色有多么美！

十余年，遇到太多人，听到太多故事。很多妈妈，她们平凡、普通，不爱诉说、不会争辩，只是死死地用一己之力，守护着这份爱，默默承受着来自亲朋好友和陌生世界的种种不解和质疑。不是所有人都支持花光所有的钱、跑遍所有的路，只为那一点点渺茫的希望。坚持还是放弃、保守还是手术，她们的生活就像被施了魔咒的陀螺，旋转不停却没有方向，永无定数！这份坚守的意义，并不仅仅是对孩子疾病的康复，更是对所有人性的救赎。

多年走过，那些引领我们的妈妈，就像在心头点亮的一盏盏明灯，助我走出内心灰暗的沼泽，没有沦陷。她们的坚守与信念，是榜样，是引领。唯愿自己，也能成为别人的明灯，给更多人以温暖和力量。如果，我们注定成为少数的特殊群体，那就坦然接受它，积极融入这个群体中去，多取经、多交流，并把所思、所得主动传播出去，积极发挥自己的作用，贡献一份微薄的力量吧。

那些情谊温暖心房——身边的智者

也许因从小在哥哥姐姐的陪伴下长大，也许因小时候上学早、周围全是年长于自己的同学，我喜欢结交的朋友大多年龄比我大或心智较为成熟。

尤其有了小慢以后，在我们生活中烙下深刻痕迹的是几个姐姐。她们的性格、爱好虽各不相同，但都具有这些特质：事业和家庭都料理得很好，洞悉世情、内心丰盈，有独立和稳定的三观。也都曾为照顾孩子，而做出重大的人生道路抉择，且始终认为那是成全，不是牺牲。

她们，是我的榜样和成长方向。

我期待自己到那个年龄时，也可以如此智慧，具有高品质的光芒和温暖别人的力量。她们的大事小情，于我，都是生活中顶重要的事情，通过关注、探寻和思考，转化为自我成长的给养。

对朋友不势利、不虚伪，直言以告、毫不保留，亦是她们身上的共同点。也正因为这些，当我或迷茫、或低谷的时候，诉与她们，都能得到无限的温暖与力量，像被一只安全的大手稳稳托住，并推进一步。

一

认识 A 姐姐时，她恰如我今日这般年纪。考虑到没人照顾孩子，毅然辞掉了蒸蒸日上的企业职位，考入离家比较近的体制内单位。

她是非常智慧的一个人，也非常有才干，绝对是人生方方面面都兼顾周全的高手，真正上得厅堂、下得厨房。

事业上拔尖，每一步都是同辈人中的佼佼者；生活中厨艺了得，中西贯通，绝对的美食家；个人素质更是没得说，待人接物善良、真诚、周到，气质优雅，谈话动听，衣着得体；对待家庭、事业始终清醒、理智，调配得当，绝对是女人中之极致。

每次，自己职业和生活的关键节点，都得益于 A 姐姐的言传身教。

她从来都是一个交往起来让人感觉舒服的人，但绝对不是待人一味附和、顺应。比如，对小字辈的我，她平日里从来都是包容、鼓励和肯定，让我对自己充满信心，但我迷失在人生的关键节点和陷入不良情绪低谷的时候，她又会冷静、犀利地直言相告、批评，助我走出泥沼。

清晰地记得，有一次她非常耐心地听我絮叨完小慢康复的事无巨细后，先是一条条总结了小慢的进步，鼓励我坚持下去。接着，非常直接地跟我说："我觉得小慢康复这事儿，你就按当前的路子继续去做就好，但你有没有发现，现在你的生活重心全都是小慢，跟人聊天全是这些事儿，像祥林嫂一样，这样非常不好。不管你有怎样的困难，随着小慢的长大，你都要想办法把思维从一个点扩展到一个面，对自己的事业和生活都有所考虑，这样才是对小慢的一个最佳引领。"

正是在她的不断指引下，我才逐渐学会从琐碎中抽离出来，把生活、工作和小慢的康复妥善调配，没有从某一个点、一条道走进死胡同。

A 姐姐更是经历了四十不惑、五十知天命后，愈发能以出世之心入世，把一切把握得从容坚定。所经历的兜兜转转，在她口中都会变成阅历沉淀后的智慧。

她告诉我："你要学会回头看，其实人这一辈子就是这样的，追逐一个又一个目标、不肯停歇，每次目标达成时，都以为抵达了幸福的巅峰。但那份快乐其实很短暂，很快又会遇到新的问题，开始新的追逐，陷入新一轮努力、焦灼和痛苦之中，得到之乐与得不到之苦交替轮回。如能看透这一点，就不必为当下的困境所忧虑，人生在世一辈子，不过就这么点事儿。"

小慢特别喜欢到 A 姐姐家做客，因为，每次她都是最受重视的那个。有专门给她购置的小盘子和根据她的口味鲜榨的果汁，点菜优先征求她的意见，专门为她定制菜谱和邀请函，连送的小礼物都是能讲出缘由和故事的。无论大人在聊什么，A 姐姐都随时关注着小慢，第一时间回应她，耐心询问她的需求，绝不让小孩子感受到被忽视和冷落。

小慢成长中的一些问题，姐姐也会跟小慢平等探讨，该鼓励时鼓励，该批评时批评。

岁月荏苒，年年岁岁、一年一景，小慢从襁褓中的小不点儿成长到与我齐肩的青葱少年，A 姐姐的这份情谊始终伴随我们，温暖心头。

二

B 姐姐是当年我在考场外"捡"到的朋友，考前交流技巧，考后一起吃饭，自此成为彼此人生中最重要的朋友。

她也是为了照顾孩子，从一个计算机编程高手转行至体制内单位从事文案工作。她的质朴、真诚、认真和踏实，深深感染了相差十余岁的我。

临近35岁才从IT白骨精变身为体制内小羔羊，其个人内心的种种调适历程是一本活教材，有板有眼的相夫教子更是最生动的经验传授。

后来，小慢出生，在我最抑郁沮丧的时刻，更是经常给B姐姐打电话倾诉。她从不附和、任由我种种牢骚和抱怨，总是直言引导。

正是她的理性，助我走出情绪低潮，乖乖地擦干眼泪该干啥干啥去。而这一助力，竟一直延续到了小慢的成长中。

在小慢成长的敏感期，有一阶段她对死亡开始有了认知，变得特别惧怕死亡。对自己的身体也过度关注，有一阵子总是疑病，稍有不适就一定要去医院检查才行，怎么疏导都不行。那段时间，动辄跑医院，弄得我简直抓狂，打电话给B姐姐倾诉，悉数自己能想到的打破困局的各种办法。她听了以后，告诉我："你什么都不要做，不要再为这件事情过于劳神，你太敏感、太看重小慢，反而让她对自己也过于关注。每个孩子都有发育的敏感期，我能感觉到小慢其实是非常懂道理的孩子，很多事情其实她心里都有数，有时就是故意的，想要引起你们更多的关注。既然道理都跟她讲过，你就告诉她妈妈不会管她，让她自行消化。随着时间推移，这些都会过去的，你何必这么焦灼呢？何况，儿孙自有儿孙命，如果环境或她自身因素导致她自己心里别扭，过得去、过不去都是她自己的命数，你不可能完全把控她的人生。"

正是她的不断点醒，我才学会每次及时从遇到问题的本能焦灼中抽离出来，理性地去思考，勇敢地把一些答案交给时间，踏踏实实行能行之事、不做无用之思。

后来，我们再去 B 姐姐家时，她假装不经意地跟小慢聊天，专门给小慢上了一课。B 姐姐首先让小慢思考一下，自己的心里都有谁？然后告诉她，以后在成长过程中，要常常问问自己的心里，最重要的序列都是谁？她说，此阶段，她的心里只有两个序列。第一序列是家人，里面分三个层次，一层是女儿和自己，不同阶段分不出厚薄和先后；二层是老公；三层是她的姐姐和婆婆。这个序列是用“爱”来定义的，很在意对方的一切，并且情绪会受其影响和改变。第二序列是最紧密的同事和最亲密的朋友，这个序列是用“关注”来定义的；其中，同事是被动的选择，被动去关注和在意，需要社交技巧，相处过程需做出让步，注意沟通方法，以实现共赢、长久和谐；朋友则是主动的选择，心甘情愿交集，但在相处过程中也需要方式方法，不能太直接、跨越边界，而是要用最合适的方式给予对方能量。

“所以，一个人心中不能只有自己，要有一定梯次的人。成长以后有了责任、懂得付出，便不会过于在意自己，试图让所有人都满足自己的需要。知道吗小慢？”正是这番开解，让小慢最终得以释然，瞬间成长了许多。

如今的 B 姐姐，自知临近更年期，便主动调整生活状态。工作之余，坚持运动、读书、礼佛、茶道、养鱼、养花、摄影、做美食，和姐夫一起安于平和淡然、回归本真的生活状态。

每每到了她那里，看着层次有序、生机勃勃的花草，悠游自在的鱼儿，感受阳光从敞亮的阳台倾泻满室的温暖，那一刻仿佛时光静止，感觉安宁幸福。

不禁感悟，生活就应如此吧？一茶、一书、一友，过适合自己的生活，便是最好！

三

C 姐姐是我的一位偶像，突然辞职远走，让我颇感意外。

于是，择日专程拜访，一来送别，二来表达对其一直关照自己的谢意，三来期待读懂她决策的脉络，重新考量自己的人生态度。

认识她十年，见证她的努力、勤奋和成绩。40 多岁，美丽、知性，有过硬的专业技能，喜欢读书，热爱生活，有思想、有激情。

过去的十几年，她从完全不懂财务的白丁靠自学取证，到初级、中级和高级职称，从一名普通的出纳做到财务主管，成为领导倚重、众人信赖的中坚力量。这个过程中，她执著、投入，既秉承自己的本性、坚守正气、不随波逐流，亦不断调整和变通，试图理解和接受各方观念与做法。孩子、家庭、健身、读书，每一样都有板有眼，做得像模像样。心态亦始终平和，没有随年龄和身份的变化而增添什么坏毛病，属于自制力较强、自我要求较高的高知女性。

但是，凡高知女子必犯的通病就是：她永远不会知足，永远在折腾，永远不能安于现状，永远要思考活着的意义。

譬如 C 姐姐，已然是各年龄段女子们羡慕的对象，家庭、事业、健康、美貌样样精彩，还折腾什么呢？可是外在世俗的标准，绝对不是高知女子内心追求和看重的。她更看重的是精神层面的富足。当外在条件与内在精神满足感相冲突时，她会毅然放弃外在，选择精神归属。一年二十几万的收入、一定的权力、社会身份的荣耀，于大部分人来说，这些都是极其重要的。可是，对于她来说，那些只是生活工具而已，一旦这个工具成为制约，便会毅然放弃。

C 姐姐说，过去的十年，自己全力以赴，毫不后悔；而未来的十年，是女人最好的十年，如果重复这样的生活，实在了无意义。当职业和专业领域，已经没有过多发展和提升空间时，就应该重新选择。她不喜欢死死被拴住的时间、低下的效率、坚守原则与迎合上下的冲突、没完没了人性的见证（财务管理是真正见证人性的地方，一张小小的票据，承载着一个人做过的所有事情，以及这些事情反映出来的这个人的品格，会发现很多人模狗样背后隐藏的狭隘人性)。

有一天，她发现，身边的发小、亲人、同学，有得癌症的，有生活富裕却丝毫不快乐的，有子欲养而亲不待的，她感同身受到每个人执迷其中的痛苦，也悟透了许多生命的本质。

她说，我为什么不把最美好的十年用于陪伴孩子、读书、喝茶和旅行，抑或开个瑜伽馆与知心姐妹们品茶、看书、享受一米阳光、做喜欢的事情、过随遇而安的生活呢？每天的生活费十几元足矣，无非吃喝睡行和偶尔的小奢侈。如若将来生活不济，以自己的专业和品格，大不了再重新开始。只是不想未来的十年，自己清清楚楚看着这些没有价值和意义的重复。

C 姐姐自身“清醒而成熟的自我认知”，促成了她这个说走就走的选择，径自云淡风轻，毫不理会众人的诸多猜忌与议论。

我想，过去时光，用经济学术语，那叫沉没成本，它不足以构成今日选择之重要因素，唯有清醒后的当机立断才能及时止损，实现利益最大化。

临别，她殷殷叮嘱我：千万不要错过陪伴孩子的黄金时间，35 ~ 45 岁是女人的黄金时代，一定要把握好；45 ~ 55 岁开始面临更年期，身体务必调理好，把生活捋顺了。

是啊，人生一时一境，我们每个人都是一只被上帝放到井里的青蛙，如若没有跳出来看天的勇气和觉知，一辈子可能都会局限在自我认知的狭隘里，活不明白。在具备条件的时候，一定要为自己而活，不要为别人而拧巴、扭曲自己。

在人生的每个阶段，学会路途中适当转角，仰头看天，说不定会偶遇更多意想不到的精彩呢！祝福 C 姐姐，在诗与远方的路上，一路欢歌。

朋友是一扇朝南的窗——友谊的力量

朋友是一扇朝南的窗，照进阳光和希望。

她，当你辉煌时不改初衷、在你落魄时仍然一如既往，伤心时能陪你哭、开心时能为你笑，在你困难的时候施予援手，却不需回报。

她就是第二个你，让你时时看到自己的影子，寻得前行的力量。

一

有一些朋友，他就在那里，无论多久没见面，甚至没联系，无论今日之人生轨迹相差多么遥远，拿起电话，他依旧是那个大学校园里与你心意相通、侃侃而谈的心灵密友，从未走远。

老秦是我曾经青春激情过的最好见证。曾一起熬夜追日剧，睡在她公司地板上幼稚地谋划如何跟抠门的台湾老板维权讨回三险补偿金，一起见证跳槽和分担租房，愤青时对世俗的不屑、力挺狂迷的韩寒和羽泉演唱会、做《看见》栏目激动的背景墙嘉宾……

尤记得，大四时老秦向往外企，整天拉着我往英语角跑，平时也魔怔似地念念叨叨。正是这份执著和坚守成就了她，如今成为500强的杜拉拉。

我们那么性情相投，人生路却又那般两端。

在我心底，始终觉得自己适合走老秦的路。但上错花轿嫁错郎，生活和工作全都错位了。这些年，我结婚、育子、奔波医院、进修，体味着小小螺丝钉的喜与悲。她学钢琴、滑冰，跳一个又一个槽，逛荡于德云社、演唱会，滑雪、远足、健走、德扑，环游世界，兼营民宿，坚持韩国偶像般的择偶标准，理智地等待着那个“对先生”，绝不凑合。

但是，即便很难见面，难得的一通电话，我们也能迅速如一体般地契合。她听得进我的琐碎，提得出共情的建议；我懂得欣赏她的精彩，支持她的坚守。

常常觉得，自己乘着她的翅膀一直没有停下过，她的那些精彩是另一个我在远行。

暑假带小慢赴上海迪士尼，她穿越半个城市来请我们吃饭。情调满满的酒吧、大杯的扎啤、肆意大笑的老秦，给小慢带来巨大的视觉冲击。见小慢就学习问题与我有分歧，她三言两语就把小慢说得心服口服。见于我对大慢抱怨，她简单的几句话，立刻让我醒悟应从另一个角度去看待事情。

小慢回来后，兴奋得半天睡不着，对她充满了好奇。总问我，为什么秦阿姨的观点和生活状态与妈妈如此不同？

难以想象，这么一个睿智又接地气、洒脱又生活化的女子，得多么优秀的男人方可企及？

每当我羡慕她的自由与宽广时，她总会跟我说，不要总看一些表面的风光，任何环境都有它的局限，苦乐自知，无非是尽量把这个饭碗端得愉悦一些，八小时之外还得有自己的人生，必须尽己所能地去精彩。

是啊，人在体制内，职场有时是一个虚拟的和谐环境，人与人在貌似很好沟通的表象下隐藏真我，你很难了解对方真实的想法。人在外企，职场是一个真实的不和谐环境，人与人在充分表达真实想法的氛围中，个性凸显，因为环境开放，人人都自我认可度很高，人性、人品和处事方式五花八门的真实呈现，彼此虽能明了对方的真实想法，但达成共识却很难。

老秦的存在，常常让我学会转念：永远不要生发不切实际的妄念，不要执迷于外在的物质捆绑。

因为，追求的过程比成果要重要，让我们欢愉的，不仅是秋季的果实，还有冬季的蛰伏、春季的播种和夏季的栽培过程。果实受土地的滋养和阳光的照射，初时酸涩、逐渐圆熟、最终甘甜，浓密的叶子覆盖果实，犹如母亲的手轻抚孩子熟睡的脸庞，这种温柔与甜蜜的幸福，只有沉醉于耕种的人才可以深深体味。

二

睡前，依妈发过来一条信息。

她说，我回家之后想了想，觉得你说的特别有道理，就是“埋头苦干、不问结局”。我现在给老妈买了定时药盒和定位手环，就做好当前事情吧，尽心尽力就好，至于将来怎样，不去多想了。

依妈因老妈出现阿尔茨海默病前兆而难过，一起上课时聊起来，不禁落泪。她无法接受曾对自己有求必应、疼爱无比的妈妈会逐渐陷入孤独，独自面对内心的一片苍茫，更无法想象神经系统逐渐衰退的她将会遭遇多少困难和无助。

担心她陷入抑郁情绪太久，我分享了小慢确诊后曾经的心路历程。并坦言当下我和小慢的乐观心态非一日之功，我明白这根本抵挡不了现实问题带来的巨大压力，也自知漫长的未知岁月还会有更多严峻的考验，但正是“埋头苦干、不问结局”的观念，让我们把精力集中在当下的事情上，一步一步坚定地向前走。如果不能保持这种精神状态，未来只会更糟。将来会发生什么我们不知道，也无法祈祷一世平顺，更不能幻想出现奇迹，我们能做的只是在新问题出现之前，尽量保持专念，做能做之事，努力收集生活中任何值得欣喜的小确幸。

她显然听进去了，开始重新思考和定位当下的困境。

人与人之间的链接就是这么奇妙，我们因孩子而相识，因彼此投缘而相知，一起温暖着彼此的岁月。

孩子们也是如此，那天，漫长的假期接近尾声时，小慢跟我说她特别想念依依，说很担忧将来能否永远和依依保持这份友谊。我跟她说，只要你珍视这份情感，就一定会的。然后小慢又说，我们都在北京，不会有特别大的外部因素把我们分开，我想我们一定会是一辈子的好朋友。

长期疲劳透支导致我这两年频繁出现身体问题。期间，依妈经常接小慢一起去吃饭、上课，还经常带一些补品，为我提供坚实的后援。一次小手术后，她跟我谈起头两年她自己身体的问题，告诫我一定要注重锻炼、补养，身体健康才是本钱。

她亦与我分享自己的经历。初始，她也是过于好强、追求完美之人。放心不下郊区的父母，把他们安顿到身边，各种搬家、周折、解决与房东的冲突等。好不容易买下房子、尘埃落定，父亲又查出癌症，各种求医问药、奔波治疗，终未能挽留。为生计跳槽到高强度的大公司，刚刚稳定，却发现一直顾及不上的孩子已然进入青春期，升学问题刻不容缓需要考虑。与女儿的沟通刚刚顺畅，又发现母亲患病……劳累加焦虑，身体频繁出现问题，两年间做了 3 个小手术，感觉生命在人届四十时又重新被激活。

我当时执迷于推进女儿的康复，她执迷于挽留老妈的衰退。我们都不知岁月无情，不知没来的无须想、该来的躲不掉，所幸我们的执迷终归成为过去，在此过程中，人在，便好。

我们也都在学习放手，深知即便母女一场的缘分，也未必会遵循我们理想的样子去延展，能做的唯有当下陪伴、彼此温暖，共同度过未来的各种考验。

三

发着烧，感觉身体像只热包子，只不过是馊了馅的味道。

好不容易找到一个车位，一开门，一股热浪打过来，感觉又进入了另一个蒸笼。找医生开好药，等待输液时寻一个角落坐下，又觉得置身冰柜一般的冷。

旁边一个看上去 80 多岁的老奶奶，吭哧吭哧喘着气，整个身体瘫软在轮椅上，脑袋无力地歪向一边，让人感觉生命随时都可能会消逝。不断有人进来，编号一样，流水作业绑皮筋、扎针，漫长的等待，换药，拔针。一个女孩也是独自在输液，许是间歇性疼痛，不一会儿就见她皱紧眉头，无声地呻吟、流泪。

此时，我看到的所有生命都是脆弱的。

人们在病痛面前显得那么无力和渺小，所有的抗争都像在巨人面前挥舞手臂，徒劳挣扎。无论结果如何，所有过程你都必须承受，那些痛苦，没有快进键可以跳过。心下飘摇，头疼欲裂，感觉这一刻永远也跨不过去。看着来来往往的人，顿觉生无可恋，身体和生活这样残破，不要也罢。

抄起电话打给如君，她风风火火地赶来。一进门就看到我披挂着毯子，蜷缩在那里。“哎哟，你成不成啊？怎么打扮成这样了，我的气质女神哪里去了？”转着京腔的她笑哈哈的，一点也看不出正饱受产后抑郁的侵扰。

头几天还跟我疯狂倾诉、吐槽，满脑子都是上司、婆婆、老公和孩子官司的她，此刻成了我的救世主。

“哎，我跟你说，刚才我迎面遇到一位老爷爷从住院登记处出来，老伴问他‘多少了？’我还以为是血压呢，结果你猜老爷爷说什么？‘一米六六了。’哎呀妈呀，太让我出乎意料了，更出乎意料的是，他老伴回了一句‘哦，六六了啊！’她那语气淡淡的，没有忧伤、没有感慨，就像太阳下山了就收被子、饭做好了就上桌，就像那些再平常不过的日复一日的家常。你这文艺妞，听听这个，给我来一段鸡汤呗。”

一进门，她就噼里啪啦跟我抖了一筐，我不禁莞尔，说：“嗯，回望当初，我不也常常跟小慢进行同样的对话吗？‘多少了？’‘快一米了！’‘多少了？’‘哇，都一米二了！’‘多少了？’‘妈呀，快跟我一般高了！’你现在不也是吗？只是我们的语气总充满欣喜，为任何点滴的成长而欢欣鼓舞！生命不过如此，成长时就肆意蓬勃，衰退时就坦然接受，只要他（她）们来过，我们爱过！”

“哎哟，牛啊！你看，脑子还没有烧坏，就别自艾自怜了哈！”然后，没一会儿，她就跟旁边的大爷、姐妹们打成一片，唠出一个个“八卦”来：左边的“小陶虹”因近期工作压力太大，加上连续熬夜，结果左耳耳鸣，突然就听不见声音了，判定是神经性失聪；右边的老大爷是哮喘，定期来吸氧和输液；那个细高的小护士技术忒差，刚被前面那个像退休教授的老大爷给数落了一通，等等。

这时，风风火火闯进一个中年汉子，一边打电话一边找座位，声音很大也很急，大意是交代还有哪个小区的快递没有送、哪个刚才在催、手机马上没电了之类的。坐下后插上手机充电头，却被小护士呵斥了一通，说吸氧的充电口不可以用。他便又一通电话叮嘱老婆借一个充电宝送来，怕顾客联系不到自己会投诉。无论叮嘱事情还是被呵斥，汉子总是一脸明朗、豪气的样子，不见丝毫怨愤之色。

在病痛面前，也只有这样忙于生计、不敢懈怠的人，才能始终撑着这样一股生机勃勃的劲头，不带一丝矫情吧？

听如君跟一群人热火朝天地神侃，刚才的死气沉沉一扫而光，我的头疼也渐渐好转，心头有了一些舒展。看着嘻嘻哈哈的她，我突然觉得，很多烦恼不过是幻化出来的意象，这热气腾腾的急诊输液室，其实充满生机。

失望、焦虑，想象的挣扎，无论远近，全是人生，这些都有美好的一面。是啊，这些岂不都是生而为人独有的体验？正是因未知和无常而不断感悟、丰盈的过程，才让我们的人生有了阅历，变得更有意义。

拔掉针，再次投入热浪，心下已豁然开朗。回想起初的心境，竟恍若隔世。如若没有如君的到来，此刻，我又会是怎样？

朋友，有你真好！

好孩子是聊出来的——小慢语录

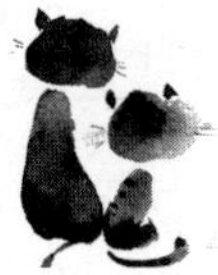

所有熟识小慢的人，都喜欢跟她聊天。她的懂事、幽默、博学，都会深深地吸引大家，让人如沐春风。

12 年，我们养成了每周末早晨一起赖床“亲密告白”和晚上谈心、讲故事的习惯，一起学会长长的路慢慢地走，深深的话浅浅地说。

有人说，好孩子是夸出来的，我觉得，更恰当的应该是，好孩子是聊出来的。多陪伴、多沟通、多聊天，即便批评的话语，因为有了深厚的情感基础和良好的互动模式，也不会给孩子造成不良的影响。更何况，长期的“聊愈”，双方都懂得共情和体恤，哪里还需要批评呢?

1 岁的小慢还不会说话，总是安安静静地瞪着一双黑亮黑亮的眼睛。

我带她到北大妇儿语训室，忧虑地让那位年长的、总是挂着和蔼可亲笑容的医生帮忙看看，是否有什么问题。她过来捏捏小慢的脸蛋，让她吐出舌头来，观察了一会儿后，她拍拍我的后背哈哈大笑:“这位妈妈，你太紧张了，舌头这么长、这么灵活，能有啥事儿！我们好着呢，对吧小慢？”

“没事多让她含着那种扁状的棒棒糖。”末了，她又叮嘱道。

2 岁的小慢说话不紧不慢，声音小小的，任尔东西南北风、她自无动于衷。

她能背大段的唐诗，喜欢讲故事，常常一篇故事听了不到两遍，就能绘声绘色、一字不落地复述出来，从表情到语气满满都是戏。

3 岁的小慢特别爱笑，已然懂得开玩笑，我的劣质幽默总能把她逗得乐不可支。

给她看我开的博客，头像是她小小的脚丫放在我掌心的照片，下面配文“每一个孩子，都是来人间寻找妈妈的小天使。”她便问我：“妈妈，我真的是小天使吗？飞下来找你做伴的？”我说：“对啊，你就是个小天使啊，天上掉下来的小屁屁。”她听了乐得哈哈大笑。有一段时间，我们对这类对话乐此不疲，每次坏坏地对个眼神，便开始了。她常常问我：“妈妈，为什么我的笑刹不住车啊？”

4 岁的小慢语言方面禀赋非凡，是“十万个为什么”，对什么都追根究底、反复追问。

她亦开始有自己的思考和个性，会对很多事情发表自己的看法，经常用“即便粉身碎骨也绝不同意”一类的“厥词”表达叛逆。但有时又特别懂得体恤，会说：“妈妈上了一天班还要给我按摩，多累啊！”还会吃爸爸的醋：“你不可能爱上我的，你的心里只有老公！”会掺和事儿，数落爸爸：“你老婆腰酸背疼的，也不知道带她去看病！”会耍小心眼，大慢跟她比赛仰卧起坐说可以一口气做 40 个，她便不服气地说自己可以做 70 个，然后慢悠悠地起身，说：“好吧，咱们从 61 开始。”

5 岁的小慢，渐渐过了小叛逆期，更是把语言工具运用得炉火纯青。

她会给自己找台阶，会哄我开心，会大胆地使用“我的心底感觉淡淡的惆怅”一类的语句表达心情。听了新闻，也会一知半解地想要跟大人探讨人生，试图明白那些用地沟油的大老板到底是好人还是坏人。她也变得更加温暖、柔情，经常说出“妈妈不冷，我便知足”之类让我瞬间泪目的体己话来。

6 岁的小慢，喜欢听我给她讲自己小时候的故事。

有一次我谈及自己跟她这么大时，姥姥姥爷忙于生计、哥哥姐姐都各有各的事儿，自己便总喜欢玩离家出走的游戏，悄悄躲在衣柜里待半天，希望家人们能着急得四处找我，结果每次都饿得自己跳出来，灰溜溜地发现竟没有一个人注意到曾经发生过什么。然后逗她说：“要是那时候你在多好啊，可以陪我玩。”她说：“我在啊，我当时还是小天使，在天堂一直看着你呢，一直等着你长大，好飞到你肚子里，让你不再孤独！”

7 岁的小慢上学了，懵懵懂懂开始了“社交”生活，在家里是个小喇叭，出门就成了小羔羊。

她比同龄孩子还懂事，能把学到的道理运用到生活中。跟着志愿者姐姐们出门游玩时，坚持自己走路，说：“出来玩就要开心，哪能嫌累啊！人一生就是坎坷不平的，我好好训练，能走了以后就能帮姐姐拿东西了。”让志愿者姐姐们又疼又爱。志愿者姐姐说，小慢还跟她聊了一个鹰妈妈把小鹰推下悬崖的故事，说特别理解鹰妈妈，如果她不狠心的话，小鹰自己就永远学不会飞翔，就会被吃掉。

8 岁的小慢，读书多，善于心灵沟通，是很好的聊伴。

带她去康复，有严重“导航依赖症”的我喜欢“林志玲”版的播报，即便如此，也经常找错高速路出口。有一天，听着听着小慢跟我说：“妈妈，你要学人家导航仪上面的阿姨，多温柔。如果你走错路了，她就耐心地告诉你应该怎么走，而不是批评你。”

跟我讲班里“三员闹将”之一的那个同学突然表现非常好被老师奖励了一颗糖，结果课间就莫名其妙地被另一名闹将摁住给揍了一顿。我问她怎么理解这件事情，她说：“人类社会真是个疯狂的世界！”

也是那年，我开始有了白发，便经常让她帮我拔，她会边找边说：“妈妈，这根白头发的沧桑都是因为我吗？”拔的时候，会很贴心地安慰我说：“忍一下哦、再忍一下下。”我非常享受她小棉袄般贴心、温柔的感觉，经常赖着让她找个不停，她会说：“我说句阿谀奉承的话哦，真的没了，毕竟你还年轻。”但行动上却不会停下来，还一边嘀咕着：“怎么越白的头发根越粗呢？是不是越白越经历了风雨，越代表有沧桑，所以就会越硬呢？”等等。

9 岁的小慢，颇有自己的思想和主见。有一次，我听了一本关于不要对孩子吼叫的书，回家便问她怎样看待妈妈的情绪问题。她说：“每次妈妈发脾气，我都会怕妈妈不再原谅自己了，不再爱我了，真的会丢下我不管了，我感觉自己永远也达不到妈妈要求的水平。”我听了不禁心头一紧，严重自我反思后，请她以后监督自己，避免乱发脾气。她说：“你只要记住这句话就行了‘北风狂暴而人速裹紧，南风和煦而人自解衣’。”

大慢给她买了一个电子陀螺，可以在手机上设定文字，当陀螺自动运转时，文字就会像大电子屏一样亮闪闪的自动显示。有一天，我看她设定的文字是“我爱你，亲爱的保罗，祝永远安康”。便追着问他保罗是谁？她说是她写的小说《小人国》里自己最爱的人。我问她：“保罗的原型不是小时候的阳哥哥吗？他现在变成了叛逆少年，你不是不喜欢他了吗？”她说：“没关系，在小说里，等他到了青春逆反期时，我就会安排他战死。”

10 岁的小慢，已然小大人的样子，我屡屡被她快速提升的情商碾轧。有一次，跟她说第二天要去加班开会，如果中午赶不回来就只好让爸爸陪着去上课了。她问能否争取早点完事，我说这个妈妈不可控啊！她便说：“你们不是开会吗？你可以尽自己的力量多去协商、贡献啊！”我问她怎么贡献啊？她回答：“我也不知道你们开会都商量啥，反正你就尽量简洁、明了、快速地表达呗！”“如果大家意见不一致咋办呢？”“那你就看看对方想要的是什么，再看看自己想要的是什么，尽量商量一个对双方都有利的解决方案呗！”我又问她：“那沟通需要注意什么呢？”“要多多微笑，要讲究礼节，尊重对方的需求，主动去改变和控制局面。”那天，我被完完整整地上了一课！

11 岁的小慢，有点青春期的小苗头，但同时性格又变得更加开朗。

还是喜欢睡前缠着我讲原创故事，我习惯于搜肠刮肚胡诌一番后，照例进入故事渗透式说教模式。已经深深了然套路的她会说：“谢谢妈妈给我讲道理，我一会儿就睡着了。”正当我沉醉、自我感觉良好之际，她又出其不意地补充道：“妈妈讲的道理像念经一样枯燥，我肯定很快就能睡着的。”

有时，那股子“不服气”的小劲头会冒出来，譬如，她喜欢坐车的时候拿纸条或者其他一些小东西伸出窗外，感受它们被风吹起来的感觉。我跟她说：“不要把手伸到车外边，前几天刚报道说有人的手被切掉了。”她说：“我看着呢，离别的车还远着呢。”我说：“那万一突然飞过来个电动车或摩托车呢？”她说：“好好好，妈妈说的都对，妈妈是为我好。”我正惊诧于沟通竟如此顺畅时，她又会一脸不屑地丢过来一句：“唉！省得你唠叨呗！”

譬如，周末课外班新换了老师，我没有答应她的陪伴邀约，而是让大慢带她去试听。回来以后，我赶紧迎上去问："课好吗？"小慢头都没抬说："好。"又问她："那老师好吗？"答："好。"我底气很不足地问："你是生我气了吗？"她说："嗯，没有，我就是想试试最少几个字可以避免你的唠叨！"我假装无知地问："你不喜欢唠叨啊？那为什么每次我唠叨完以后，你还总是那么开心呢？"她说："因为你终于唠叨完了呀！你不是说凡事要保持正念吗？"

但她有时又那么善解人意，比如有一次课前带她去吃比萨，身体不适加疲惫，便对店家的不断创新表示失望，对着一款名字花哨的新品连连摇头、抱怨。结果小慢说："妈妈，你要用乐观的心态面对它，来，笑一个。"见我苦笑，又说："快，给爷笑灿烂点儿。"接着，又开导我："咱们不是主要来这里泡俩小时的嘛？在俩辅导班之间找个做作业的地儿，你看这儿环境多好啊……"恍惚间，我觉得自己是一个不懂事的孩子，在她这个"妈妈"的安抚下慢慢安静下来。

12岁的小慢，喜欢推理和分析，有自己非常明确的态度。

周末回家，发现电梯间贴了一个告示，大意是周围的工地在违法施工，希望街坊邻居们能团结起来一起投诉。她看了之后说："这一看肯定是民众发的，不是政府发的。"我很诧异，问她何以见得？她说："政府发的话，肯定都是通知，不会是公告。而且，也不会用这种又扰民了、非法施工、政府不会不管一类的表述。即便说它是违法的，也会阐述明白，它怎么非法了？是缺手续？还是水泥、灰尘不合格？还是扰民？而且，非常重要的一点，这张纸上最后也没有落款，非常不正式，政府的通知一般会说特此函告。"整个过程，她都模仿着福尔摩斯的语气，故作严肃且煞有介事的样子。

她遇事一般不太爱钻牛角尖，遇到事情总能很快调整好自己，还能不时地展现出一种特别的幽默劲儿。她喜欢模仿我跟朋友们之间打招呼的语气叫我“亲爱的”，也喜欢叫我“妈姐”或者“额娘”。有时见我生气不说话了，就逗我说：“来，给爷笑一个”。有一次，竟然还跟我说：“好了妈妈，我马上按您说的做，别生气了，一生气乳房就会变硬变疼的，笑一笑十年少嘛！”还有时，她会拍拍我说：“放心吧，理解你，每个同学都迟早会摊上一个更年期妈妈，总控制不住自己的心情，我可以接受的。”有时我真生气了，说：“再也不管你了，把我气得直胃疼。”她便不敢再懈怠，赶紧行动起来按我说的做，但仍不忘贫嘴：“是呀，谁愿意整天被一个孩子气得内分泌失调呢？”我往往会被她逗得绷不住脸笑起来，也往往因之不断反省自己的心态，不断实现自我成长。

读书是最好的旅行——我们的“悦读”生活

有一次，前去参加安意如的新书见面会。

精致的妆、湖蓝的真丝衬衫、洁白的纱裙、宝蓝色方跟皮鞋、得体的珍珠手链，远远地看着台上那个侃侃而谈、不时爽朗地大笑的她，我和小慢满眼都是欣赏和向往。

她的那本新书，是以西藏为主题的一本随笔集，也是一部关于成长与信仰的心灵之书。内容包含主客观两个角度，主观角度是安意如本人的西藏旅行和生活所见、所感、所经历；客观角度是西藏的人文历史宗教知识。她用自己丰富的阅历和细腻敏感的笔调，描述了一片不一样的佛国净土，以及自己在旅程中的不断证悟、蜕变和成长。

她说，是诗词为她打开了一扇窗，从而知人文地理、古往今来，观史上风云人物一生起伏，知世事无常释怀己命。从而明白世界不只是局限于自己的家、所在的学校、身处的城市这般大，而是无法想象的广阔。而旅行更是她毕生的喜好，独自走过的美景、吃过的美食，那些深藏其后的历史与文化，各种冲击和碰撞会不断重塑三观，从而变得更为宽阔，愈发通透。

她尤喜赴藏，享受那种喝着奶茶读书、闲聊、发呆的时光。

小慢问我，这就是几年前曾说过怨恨妈妈拿针扎逼自己练习走路的姐姐吗？我说是的，只不过，那是她说的小时候的事情，现在的她，已然是一个可以带着妈妈去旅行、帮妈妈操办爸爸葬礼的担当者了。

莫泊桑说，喜欢读书，就相当于把生活中寂寞的时光换成巨大享受的时刻。很多时候，我们遇到问题时，并不知道该怎么办。殊不知，我们的问题，他人早已遇到过。书籍是什么？是他人经验和智慧的结晶，是那个藏有答案的保险柜，当你喜欢上阅读并养成了习惯时，你便拥有了打开它的密码。

我的小慢，很幸运，如安意如一般痴迷文学、喜欢读书。

小慢爷爷非常喜欢听评书，在她很小的时候，就经常放给她一起听，以至于刚会说话的小慢，满口就全是文绉绉的调子。后来带小慢各处康复的时候，经常在路上各种奔波，大慢喜欢听歌，我喜欢听诸如“大铭脱口秀”或“海阳现场秀”一类的比较轻松幽默的节目；再后来，智能手机普及，便经常用蓝牙播放罗辑思维、樊登读书会和喜马拉雅上的一些读书类节目。

小慢上学后，爷爷奶奶每天早餐时也都播放新闻。

各种长期的熏陶，对小慢的语言、思想、性格和爱好，带来了巨大的影响。小慢也因此循着诸多资讯的链条，习惯于自己去书里探索和寻求。

她读的书非常多，从最初靠家长启蒙，到后来自己去挑选，书籍成为她最亲密的伙伴，一路陪伴她成长，像翅膀一样带她翱翔。

对于一个孩子来说，多读书，无疑可以明白更多道理，遇到更多有趣的人和事，开阔更多眼界。长大后的小慢，很多事情都能想办法找到自我开解的合适渠道，也常常喜欢拿那些道理来“说教”我，以至于我不时地生发出危机感，唯恐稍微懈怠，思想便被她甩出几条街来。

她有对某些领域明显痴迷的几个阶段。譬如，很小的时候，最喜欢“童话大王”郑渊洁老师的《童话大王》《舒克和贝塔》《皮皮鲁和鲁西西》等作品，几本书反复翻阅得散了线；刚入学时，读遍曹文轩和杨红樱老师的作品，对里面的人物如数家珍。二三年级的时候，痴迷《纳尼亚传奇》《哈利·波特》《魔戒》和《查理九世》等冒险、奇幻类的书籍；再后来，无意中读到我看的《成大事者不纠结》中介绍凯撒的一篇文章，又开始痴迷凯撒，把古罗马帝国的前世今生研究得很透彻；也因此延伸到对历史的爱好，读了全套的《写给儿童的世界历史》和《写给儿童的中国历史》；高年级的时候，痴迷过一阵子《红楼梦》，接下来又痴迷《福尔摩斯》，能记得住每一个经典片段和他说过的每一句话；近来，则痴迷慈禧太后和武则天的史料知识，对造就她们的时代背景异常感兴趣。

我也常撰写书评，读给她听。对她成长影响最大的有两本书，一本是《偷影子的人》，另一本是《抢走我名字的人》。她善于转念、懂得释然、乐观开朗的性格的形成，很大程度上都得益于这些书中的领悟。

从第一本书中，她悟得了：第一，随着时间流逝，有些事情总会迎刃而解。第二，不要用自己的标准去衡量他人的对错，他人生活的苦楚远远超出了我们的想象，对于他人我们应给予更多友爱与宽容。从某种意义上来讲，学会关心他人，也有助于自己从不好的境况中得以解脱。愿你学会用一灯温暖，去拥抱每一个路过你生命的人。第三，要学会克服恐惧，面对现实，才会成长。即便内心已残留太多成长中累积的恐惧和迷惑，也要学会勇敢，拨开层层迷雾，还原生活的简单和快乐。第四，永远不要把一部分的“自我”遗落在他人身上，即便是爱情、友谊，也要学会保持内心的独立，才不至于跟别人产生更多风险的牵绊。第五，适合自己的才是最好的，不要将时间浪费在不对的人和事身上。

从第二本书中，她懂得了：第一，要学会去探究一些表象后面的真相，始终清醒，不去盲从。更不要轻易在别人的标尺度量下，丧失了信心、勇气、原则和主见，直至彻底丢失了自己。第二，你是谁，取决于你自己认为自己是谁，而不是别人觉得你是谁。每个走进自己生命的人，要么是一场测试、要么是一件礼物，但终归会是一个成全。第三，逃避只会使事情越来越糟，一个隐藏着秘密的皮囊，内心永远不会快乐。第四，没有人能够对自己的人生负责，只有自己。无论遭遇了什么，如若自己放弃自己，后果便只能自己承担。

安意如说，在追念中，前世的她在草原上打滚撒欢，策马扬鞭，高歌长啸，迎着黎明的曙光，不顾一切地奔向雪山的怀抱。前方有什么目标和险阻，不清楚；身后有什么顾念和不安，不在意。

我不知这是她因缺失而遗憾的向往，还是内心自由的释放。但她是正向的，而不是积攒下一身的遗憾和放不下。我想，恰恰是读书成就了她，成了她安身立命的本领。

我期待小慢长大后，亦能阅尽世事，对亲情、爱情、世情如蚌含珠。无论能否像安意如一样，真正享有诗和远方，读书都可以带她奔赴心灵之旅，千回百转、圆满俱足。

小慢奇遇记——如何顺利适应学校

《美丽人生》里，一对犹太父子被送进了纳粹集中营。父亲利用自己的想象力，扯谎说他们正身处一个游戏当中，遵守游戏规则的人最终计分 1000 就能获得一辆真正的坦克回家。从而，所有血腥与残酷的场面在儿子眼中都只不过是剧情，为了获奖他全力以赴、认真表演，小小童心没有受到任何伤害。

小慢从来没有上过幼儿园，一直没有集体生活的体验。刚入学的时候，担心她万一不适应学校生活或者遇到什么不开心的事情，会不喜欢学校或学习，便给她制作了一个小册子，跟她说这将是她自己创作的第一本书。考虑到她当时恰好特别喜欢戴姨妈送的一块手表，便把小册子取名为《戴表大仙奇遇记》。封面是她挑选的一张嘟嘴、卖萌的艺术照，里面每一页都装饰着可爱的花边。

每天放学回家，我们都引导她回忆学校发生了什么有趣、特别的事情，她来讲，我来整理，然后第二天打印出来给她看。我们希望通过这种方式，能引导刚刚迈出家门第一步的小慢自信、自爱、自尊、自强，任何时候都不因外界的遭遇而改变内在的乐观，顺利适应环境并健康成长。

蒙台梭利认为，儿童的感觉来源于内部。我们需要的，是在他们心里植入一颗心向阳光的种子。当孩子的内在觉醒、生根、发芽、茁壮成长时，他们才能正确地看待这个世界，有足够的力量去抵御外面的风雨。

而小慢的心中，显然有了这样一颗种子。

《戴表大仙奇遇记》致小慢序

杨绛奶奶的百岁感言是：世界是自己的，与他人毫无关系。

妈妈的理解是，我们要用好的心态，从正确的角度去看待自己、看待发生在身边的事情、看待自己与他人和世界的关系，这一点非常重要！我们是否快乐、是否幸福，跟我们自己的心态非常有关系。

首先，关于自己。要永远爱自己，相信自己是最棒的。

因为，每个人都是独一无二的自己，上帝把你这个小天使送到人间来，就是因为你是独特的。正如“有的花儿香、有的花儿艳”，每个人也都有自己的美好与缺失。但，自己是属于自己的，不属于任何其他人。所以，你要爱自己，爱自己的身体、爱自己头脑中的每一个想法、爱发生在自己身上的每一件事情，这些都是独属于你自己的、独一无二的。当然，同时也要爱自己的亲人、爱周围的世界。

其次，关于心态。任何时候你都可以选择自己的态度。面对天气阴晴、别人喜恶，自己的心情是快乐还是悲伤，别人都做不了主，全在你自己。

你要学会用欣赏的眼光看别人、用快乐的心情看事情。要认识到，人生就是一场奇遇记，每天都会发生很多事情，这些事情都那么与众不同，那么新鲜好玩。对每天已经发生的充满兴趣，对没有发生的充满期待。你可以尝试一下从不同的角度去看待同一件事情，结果会大不相同哦！当然，正如天有阴晴、月有圆缺，劳累和痛苦是为了衬托轻松和快乐，是为了让我们的生命更加完整、心灵更加饱满！所以，不要轻易沮丧，要相信明天的太阳会带走一切阴霾，带来新的惊喜！

最后，关于自己与别人的关系。

每个人眼里的你都是不一样的，100 个人眼里就有 100 个你，1000 个人眼里就有 1000 个你。不同人眼里的你是不同的，他们用自己的眼光解读。但你永远是你自己，独一无二的自己，你的快乐和悲伤、你的幸福和梦想，永远属于你一个人。我们之所以服从和遵守，为别人考虑，原因有三：一是这个世界充满了规则，我们只有遵守游戏规则才能融入环境、充分享受其中的乐趣；二是我们作为有爱、有感情的人，不是简单的动物，在爱与付出的过程中会收获幸福；三是努力与其他人和环境之间建立和谐、温暖的关系非常必要，会避免每天浪费很多精力解决各种劳心耗神的问题。

记得经常对自己说这几句话哦：“我是独一无二的自己，是最棒的自己！我爱自己！每天都是一场神奇的旅行，我要在自己的奇遇记里，度过快乐的每一天！只有努力，才会收获幸福和快乐！我是最勇敢、勤奋、努力、乐观的戴表大仙，从今天开始，跟我一起开始我的奇遇记吧！”

《戴表大仙奇遇记》

班里有对双胞胎

我们班里有一对双胞胎，一个坐我左边，一个坐我右边。因为他们长得一模一样，只是鞋子不一样，所以我不知道哪边是哥哥、哪边是弟弟；而且他们的名字也很相近，一个叫小硕、一个叫小贺。我觉得这真是一件非常有趣的事情！

姨妈家也有对双胞胎，是龙凤胎，所以长得不一样。我喜欢姨妈家的妹妹，妈妈曾说要把她抱回我家来养，我想她们肯定是开玩笑的；不过如果妹妹真的到了我家，我会帮妈妈照顾的，因为我是一个有爱、有力量的小姑娘啊！

最高的男生

今天学校量校服，有一个男生特别高，都一米四多了，他是我们班最高的男生。我不算高，也就一米二多吧。

每个孩子身高都不一样，多奇妙啊！

妈妈说饭量大的孩子就长得高，我争取以后多吃饭吧！

独自在教室

今天第二节课是音乐课，在一楼上课，但我们的教室在三楼。一个弟弟说："她不能走路，去不了啊。"老师说："你妈妈说你只上主课，你就留在教室等着好吗？"

我以为音乐课就像外面的课程，是需要选课报名的，是妈妈没给我报。但我好想上啊！所以，老师带同学们走了以后，我觉得非常委屈，独自抽泣了半天。哭完以后，我觉得呆坐着无聊，就想活动活动。意外的收获是，我竟很勇敢地突破了自己，扶着桌子自己走到门口，又扶着墙走到了另一个门口。

后来，奶奶和妈妈告诉我，一定要勇敢地跟老师表达自己的想法，告诉老师可以让同学领着自己下楼。下次我就知道了，一定会大声喊老师的！不过，这也是一次非常与众不同的经历啊！仔细想想，其实也没什么呢！

必须坐直

以前我经常坐不直，妈妈说我其实能做到，就是习惯问题。

到了学校可就不敢弯着腰了，老师要求必须坐直，而且手还必须规规矩矩地放着，不能乱动。我可不想让老师认为我不听话，也不想让老师特殊照顾我，更不想被老师点名批评。而且，坐直了多漂亮啊！所以我一直坐得直直的、非常漂亮。妈妈说，我后背上的美人沟肯定很快就可以出来的！

妈妈有时候也爱驼背，她可羡慕我了，让我以后经常提醒她，她要向我学习！

举手就有可能被点到哦

今天有一节课，老师讲的我都会，我一直在举手，可是老师却没有点到我。我跟妈妈说，老师就像没看见我一样。妈妈告诉我，老师不会故意不点你的，而是班里的孩子非常多，每节课就能点到几个孩子，不可能人人都点。只要坚持举手，总有一天会被点到，我要做的就是做好自己的事情！

回头一想，咦？第三节课的时候我就被老师点到，回答了一个关于金爷爷的问题啊，别的同学也没被点呢。

妈妈讲的道理果然对，我要做一个坚持举手的好学生！

快乐的英语课

今天的英语课真有趣！老师教我们唱了一首歌，是这样的：good morning，good morning，how are you？ how are you？——I am fine，I am fine，thank you！老师带着大家边唱边跳，我都学会了。回家给妈妈展示后，妈妈也学会了！

我喜欢英语！我爱学英语！

原来田字格是这样用的

妈妈夸奖我说，我这个从没上过幼儿园、学前班，没有接触过集体的孩子，进入一年级竟然这么顺利就适应了，真是棒极了！我也这么认为，我非常喜欢上课，喜欢学习新知识，喜欢老师、同学们和学校！

不过，我以前没有用过田字格，所以老师让把数字 1 写进田字格的时候我不知道该怎么做，就拿着小本子瞎晃悠。回家后，奶奶非常耐心地辅导了我，我一下子就明白了：原来田字格就是一个分成四个房间的小房子啊，谁住在哪里都是有规定的！比如数字 1，就是住在左边的两间，而且它睡觉的时候必须头在右上角、腿在左下角，不然它太高躺不下！真有趣啊！后来写 2 和 3 的时候，我就写得非常好了！

我会继续加油的！我喜欢田字格！

我的体育课

今天有一节体育课，奶奶过来陪着我。奶奶带我在教室外面的走廊练习走路，我走了 40 分钟呢，走得非常棒！班主任老师和保洁阿姨都夸奖我了！

妈妈说，体育课是锻炼身体的课程。我练习走路也是锻炼身体吧？不过，我一定要努力练习，总有一天可以去参加班级的体育课！

我觉得我的体育课真是与众不同啊，有奶奶陪着这待遇可真高！谢谢奶奶！谢谢老师们！

打闹的孩子

班上有一个男生被老师批评了。他上课的时候打闹，还跟一个小女孩互相拍拍打打的。学校要求好好听讲，不许打闹！用妈妈常说的话，“有则改之，无则加勉”，我可不能打闹啊！

不过，我发现，原来被批评也不是什么大事儿，每个孩子都有可能被批评，只要自己不再犯同样或类似的错误就行了！

他怎么发烧了

今天奶奶去接我的时候，老师说有一个孩子好像生病了，让奶奶帮忙摸一摸。奶奶以前当老师的时候可是神一手啊，摸得特别准。结果奶奶一摸，说：“哎呀！发烧了！”老师便赶紧叫家长来接他了！

后面两天他都没有来上课，希望他能早点康复，早日回到集体中来！

看来，每个孩子都会得病的。像这位同学，得了发烧的病，就只好耽误几天上学了，我得了腿病，就只好少上些体育类的副课，去做康复，原来这些都是很正常的事情啊！

以后，我不会再为自己经常上不了副课而难过了。我很珍惜现在的身体，一定好好吃饭、好好锻炼，争取不再得病！

写字速度提高了

以前我总要去康复，基本没有太多时间练习写字，所以我现在写字还比较慢。但勤能补拙，我相信多一些时间练习，我一定能够提高速度的。

这个周末我连续两天努力练习，写字速度已经提高很多了！妈妈鼓励了我，同时也对写得不好的地方提出了批评。我一点也不沮丧，因为我肯定会听妈妈的话，更加认真练习，肯定会很快取得进步的！不过，我总想把每一个字都写得完美，总是反复擦写，有时还会磨蹭，这些我都会积极改正，争取形成更好的学习习惯！

我爱古诗词

今天的诗词课，老师教的诗我都会，所以我积极举手，老师点我的名让我来读，好开心哦！我特别喜欢古诗词，以后会学更多的！

老师这次照顾我，让我坐着回答的问题。下次我争取扶着桌子站起来回答，我一定争取做自己能够做到的事情，不让别人特殊照顾自己！

录制上学感言

今天，老师让每一位同学录制一段上学感言，说要到开学典礼上放。我说的是："我叫刘小慢，今年7岁了，我非常喜欢学校、老师和同学们，他们对我都特别好！"老师夸奖了我，说我声音最大、讲得最流畅！

其他小朋友有对爸爸妈妈讲的，比如"爸爸妈妈，你们放心吧，我一定会好好学习的！"双胞胎小硕和小贺一个埋着头不说话、一个光看着老师不知道说什么，老师说回头再给他们补录。还有凉凉同学说“我不喜欢马文硕”。老师说：“这可不行，你可以说喜欢谁，却不能说不喜欢谁，家长还以为你跟同学怎么着了呢。”

妈妈说每个孩子都有不同的特点，要客观地看待自己和同学的优缺点，博采众长、扬长避短，喜欢并鼓励每一位同学！

同学们都很喜欢我

老师跟奶奶说，同学们都很喜欢我，无论男生还是女生。我也非常喜欢他们，喜欢学校和老师、同学们！上学真好！

老师带我上厕所

今天第三节课间奶奶没有过来，我非常想上厕所，就跟老师说：“老师，您能带我去下厕所吗？”老师说：“当然了，没问题！”我说：“谢谢老师！”老师带我去了厕所，我自己擦了屁股，回来又用湿纸巾擦了手。

老师对我真好！我非常喜欢她！

老师在与不在要一个样

今天老师刚离开教室，凉凉和班里最矮的那个男生就打起来了，他们追打着，同学们全都看着他们。我跟我后座的王丽美互相看着，也嘿嘿地乐了半天。

后来，老师进来了，大声制止了他们，说：“停！你们这干什么呢？我才刚出去怎么就这样了啊！”

我深刻地认识到，老师在与不在要一个样，以后一定要遵守课堂纪律！看到同学犯的错误要“有则改之，无则加勉”！

我也能站起来

上英语课和诗歌课的时候，有一些说唱的游戏，同学们都走到台上，边跳边唱。我跟老师说：我也能站起来！于是我在自己的位子上靠着椅子站着，跟大家一起跳，好开心啊！我学会了诗词《咏鹅》和英语《红苹果》（*red apple*），回家给爷爷奶奶、爸爸妈妈表演了一遍，他们都非常喜欢，觉得我跳得非常棒！我也非常开心！

我非常喜欢看诗词老师表演，长头发随着节奏一跳一跳的，真好看！

做展览啦

老师说，开学典礼的时候要展览每个同学的字，让家长们都来欣赏！我认认真真完成了自己的数字和拼音书写。

奶奶说我写的是最漂亮的！以后我一定保持好这个好习惯！

我的兴趣爱好和优点

今天，老师让大家都说说自己的爱好。大家说什么的都有，有说喜欢跳舞的、有说喜欢爬山的、有说喜欢游泳的，竟然还有说喜欢打架的！

我的兴趣爱好是学习和阅读！妈妈说，这也是我的优点，聪明、认真、勤奋、坚强等也都是我的优点哦！今后我一定在学习方面力争上游、名列前茅！

我喜欢上美术课

今天的美术课，老师让剪树叶，然后贴到愿望树上，说是可以实现一个愿望。

我也剪了一个非常漂亮的树叶，是这样剪的：把一张纸对折，剪出一个弧线，然后打开，就是一个树叶了！真的好神奇啊！

但我的手很笨，不像同学们那么灵活，我有点沮丧。虽然妈妈跟我说，尺有所短，寸有所长，我们都不必是全能手，但我还是很羡慕。

我的小骄傲

我跟其他同学相比，有一个小小骄傲的地方哦！那就是我有两个学校，一个是读书的学校，一个是晨光康复学校。这两个学校，一个教会我知识，灌溉了我的精神花园；一个教会我康复，锻炼了我的身体！尽管我会比较辛苦，学习和锻炼都要做好，但是我不怕，我认为我能够做到，Yes，I Can！因为凡是对我成长有好处的，我都要开心、积极地去做，像花草树木一样，饥渴地吸吮阳光雨露！

妈妈说，花有花的不同、草有草的不同，每个孩子最可爱的地方就是他的与众不同！我爱自己！独一无二的自己！

要分清真实的和想象的哦

今天我回家给爷爷奶奶和妈妈讲了一个故事，那就是：班上的孩子课间都喝了加餐奶，就我一个人没有喝。结果第二天早晨奶奶去交奶费，老师说都没开始喝奶呢。奶奶回家教育我不许说谎！

后来妈妈回家后问我，我说：我是担心妈妈不给我订奶！于是妈妈告诉我说，或许有些事情你觉得好玩，就模仿读过的故事书，加入了一些自己想象的事情，结果就变成故事，不再是事情真实的样子了；也可能是因有些事情你担心或者希望变成什么样子，于是你就把自己的想法加入进去。但是你在讲给家长听的时候，一定要说清楚，什么是真实发生的、什么是自己想象的，自己希望怎么样、担心什么等，要充分地信任家长。不然，就变成说谎了。

经过这次事情我就明白了，以后再也不会出现这种情况了！

我教爸爸唱诗词

妈妈跟我说，爸爸妈妈小的时候可没有我们现在的条件，学习的知识可没有这么精彩，所以我每天都非常认真地学习，然后回家再把学校学到的东西教给爸爸妈妈。

今天可逗了，我爸爸跟我学《咏鹅》，因为是说唱的方式，所以里面有“呃呃呃”的发音，结果，我爸爸故意逗我，非唱成“呼呼呼”打呼噜的声音，我快被逗得乐死了！

我与妈妈的争执

今天妈妈管教我，嫌我做半跪站立起这个项目时总不能持之以恒，做几个就开始想别的、打岔。结果后来我也不开心了，对妈妈做了不好的事情，抢过妈妈的筷子丢到地上了。

妈妈让我五分钟内道歉，奶奶和爸爸也批评了我。尽管我心里感到非常委屈，但我还是道歉了，毕竟自己不应该扔妈妈的筷子。妈妈接受了我的道歉，并拥抱了我。

这件事情让我明白了三个道理：一是必须尊重家长，不能用不好的态度对待家长；二是做事情必须专注、持之以恒；三是冲动的时候一定要想清楚事情的后果，不要随便发脾气，要控制自己的情绪。

你不扬帆　没人能帮你起航

——小慢于北京人民广播电台成长故事分享

小时候，妈妈告诉我，每一个孩子，都是来地球旅行、寻找梦想的小天使。这场旅行，会不会快乐和奇妙，全要看小天使自己能不能勤奋努力、增长本领。这段话播种在我的心底，生根、发芽，并随着年龄的增长，变得枝繁叶茂、生机勃勃。下面，我就把自己成长过程中的一些小故事分享给大家。

七彩阳光是内心的力量

记得开学那天，从小就长驻医院的我终于如愿以偿背起书包，跨入了憧憬的学校大门，非常激动、兴奋。开学典礼上，老师给我们介绍八中心小学的校训，我对“七彩阳光好少年”充满了憧憬，暗暗下定决心一定努力争取。我每天都跟爷爷早早起床来到学校，严守纪律、专心听讲、勤学苦练，每件事情都力求做到最好。

可是，很快我发现，因为我上不了体育课，体彩之星拿不到；而且腿不好，也无法像其他同学一样为同学和班集体做事儿。起初，我沮丧极了，内心的希望之光渐渐暗淡。班主任郭老师知道以后，积极反映，帮我办了免体手续；学校还为我创造了很多参加集体活动的机会；同学们也纷纷鼓励我、帮助我。

在老师和同学们的帮助下，我就这样开启了自己阳光、快乐的小学生涯。

我暗暗告诉自己，一定要怀着一颗感恩的心，做一名真正的七彩阳光好少年。我积极竞选班委，发挥自己的优长，担任课代表；每天早早来到学校为同学们领读；利用课余时间耐心地给有需要的同学讲解难题；在大家上体育课时，我跟着爷爷在走廊里一圈一圈地练习走路；运动会上，组织啦啦队为班集体呐喊、加油。

天道酬勤，每次，当取得好的成绩和荣誉时，我都越发坚定地相信：七彩和阳光，它代表的是内心的力量，只要心中有爱、有希望，勤学苦练、努力成长，就一定可以欣赏到风雨后的彩虹、沐浴到严寒后的阳光！

扬帆起航是永恒的信念

我最喜欢大海，特别欣赏李白的那句诗，“长风破浪会有时，直挂云帆济沧海”，我觉得大海有着大气磅礴、蓬勃生机的生命力。每次见到大海，我都会畅想：我们每个人，都像是大海中航行的一艘船，也许海浪可以助力一把、也许海风可以吹送一程，可是，当我们起航，那面扬起的风帆才是引领方向、持续前行的关键。所以，我把“每个人心中都有一片海，你不扬帆，没人能帮你起航”作为自己的座右铭，牢牢地记在心里。

为了康复，每天做完作业，我都要做康复训练，有的项目非常枯燥，有的项目非常疼痛，但一想到这句座右铭，我内心就充满了力量。

还有英语学习，因为康复，小的时候没能接触到英语启蒙，为赶上进度，妈妈给我报了剑桥国际英语青少班，每周要背大量的单词、做很多的作业，压力很大。但我把英语学习想象成是蔚蓝的海洋，每天早早扬帆，在这片海洋乘风破浪，经过努力，我不仅真正爱上了这门语言，而且还取得了优异的成绩。

知识是理想的翅膀

有一句格言说："上帝为你关上一扇门，同时也会为你打开一扇窗"。上帝也许给我关闭了用双腿去丈量世界的大门，但它为我打开了一扇靠知识去拓展视野的窗户。

我觉得知识具有神奇的力量，它像一对翅膀，可以让我自由地翱翔。我喜欢阅读，绘本、童话故事、科幻历险、历史书籍、文学经典等，我会随时拿起来、沉迷其中；我还喜欢唱歌，总是随时随地哼唱，那些动听的旋律和优美的歌词，总能打动我；我还喜欢演讲、朗诵、讲故事和写故事。

通过日复一日的积累，这些文字为我带来了越来越多的财富，也为我搭建了一座又一座友谊的桥梁：我可以发挥特长，在主题课上把自己整理的世界历史故事给同学们做系列分享；可以发挥自己的想象力，创作《戴表大仙奇遇记》和《小人国》；可以代表班级去参加比赛，为集体争得荣誉。

在这里，我也想跟大家分享一下我对如何"做更好的我"的理解。做更好的自己，就是无论阳光灿烂还是风吹雨打，都要拿出"不抛弃、不放弃"的劲头，给自己的心灵构筑一片五彩缤纷的花园，努力成长为一个有理想、有价值的人。

附：小慢的书库

《写给儿童的中国历史》《写给儿童的世界历史》《愚比王》《安徒生童话》《雾都孤儿》、“神奇校车”系列、“歪歪兔”系列、“中国传统节日故事”系列、《牧羊少年奇幻之旅》、“从小爱科学”系列、“鼹鼠的故事”系列、《头脑特工队》《夏洛的网》《欧也妮·葛朗台》《苏菲的世界》《简·爱》《从天而降的幸运》、“最美的科普”系列、《山羊不吃天堂草》《青铜葵花》《草房子》《吵闹村的孩子》《窗边的小豆豆》《不上补习班的第一名》《俗世奇人》《绣像全本红楼梦》《成语故事》《歇后语大全》《三国演义》《唐诗宋词三百首》《寓言阅读指导大全》《名人警言》《小学生必背古诗词 75 首》《千古名篇咏童真》《赞美你：奥巴马给女儿的信》《急难求生大冒险》《儿童百科全书》、“十万个为什么”系列、《沃森讲的 DNA 的故事》《科学家讲的科学故事》《增广贤文》、“国学经典诵读本”系列、《百家姓》《菜根谭》、“新黑马阅读”丛书、《史记故事》、“你一定要读的中国经典”系列、《杨家将》《让孩子受益一生的成功故事》《中华上下五千年》《脑筋急转弯大全》《童年》《绿野仙踪》《鲁滨孙漂流记》《罗马的恐怖——汉尼拔》《读史有智慧》《草原上的小木屋》、“最励志校园小说”全辑、《爱的教育》《宇宙最后一本书》《原来我这么棒》《第一本心理学漫画书：梦的解析》、“丁丁当当”（曹文轩）全册、“笑猫日记”系列、“长青藤国际大奖小说”系列、《轮椅上的梦》《妈妈送给青春期女儿的书》《女孩心理成长枕边书》、赫尔曼·黑塞三部曲《在轮下》《生命之歌》《彼得·卡门青》《100个超级大脑：儿童极简科学史》、“大猫英语分级阅读”系列、《中国少年儿童趣味百科全书》、最美的科普：少年版、“纳尼亚传奇”全册、“阳光娃娃小晴天”全册、“青少年励志经典文库”全册、《魔法狮脑筋急转弯大全集》《荒野求生》、“我的第一本科学漫画书·绝境生存”系列、《宝葫芦的秘密》《鸡毛信》《DK有趣的科学》、“世界儿童文学大师林格伦精品绘本”系列、《乔布斯传》《拿破仑传》《卡耐基传》《爱迪生传》《奥黛丽·赫本传》《霍金传》《杜甫传》《凯撒大帝密码——伟大的古罗马文明》《世界文学名著青少版莎士比亚经典：凯撒大帝》《秘密花园》、“改变世界的植物”系列、《小猪唏哩呼噜·唏哩呼噜和猪八戒》《数学魔咒》、“数学帮帮忙”系列、《山居岁月》《小王子》《海鸥乔纳森》《忙忙碌碌镇》、“巴巴爸爸”经典故事系列、《小故事大道理（女孩版）》《丁丁上学记》《一年级的小豆豆》《一年级的小朵朵》、“我的快乐日记”系列等。

后　记

那个 1 岁半才会说话、2 岁才会翻身、3 岁才能坐稳、说话像蚊子一样的小女生 12 岁了！某些层面，她的思想、她的眼界，已经远远超越了我。某些技能，更是远远超过了我。

她开朗、乐观、幽默，像一个小闺密一样陪伴在我左右。

她与其他孩子一样上学，品格优秀、成绩优异，是学习委员和大队宣传委员，深受老师和同学们的喜爱。她也是学校首推的典范和优秀学生代表，经常代表学校去参加比赛，多次获得孙敬修杯、经典诵读、演讲、主题征文和阅读创作等比赛奖项，多次被评为美德少年、优秀少先队员和三好学生，获得了北京市红领巾奖章和全国优秀少先队员称号。

这些对于普通孩子而言都值得被称颂，况且她是一个出生时仅三斤三两、曾严重脑损伤的早产儿，是一个 7 岁前每天至少康复锻炼 8 个小时、低年级时半天上课半天康复、高年级时放学后既要康复又要写作业的孩子。

我想，我应该知足。

时光总有后知后觉的魔力，所谓父母子女一场，不过是相互滋养。

12 年前，我丝毫想象不出今天的模样。我一度试图放弃，也曾陷入抑郁沼泽。从初始时对意外被动的接受，到埋头治疗时自动的惯性，到发自肺腑的主动陪伴，再到现在被她的美好深深触动和震撼。

她的 12 年，也是我持证上岗、继续教育的回炉、再造历程。从见不得虫子、分不清东西，到里里外外一把能手；从事事纠结、脆弱悲观，到遇到任何事情都能迅速地抽离情绪、积极寻求解决之道。我终究没有放弃，也没有把自己交付于虚无的寄托，靠坚强的臂膀和柔软的内心经过了一个又一个考验。

这些，都源于有着成长惊喜的小慢赋予我的力量。

现在的我，离不开小慢，觉得生活中如果没有她将失去意义、毫无乐趣。我喜欢跟她聊天，在一旁看着她学习、看书、发呆、上网……但我不觉得这是我在陪她，而是她在陪我。

我原本以为，此生将是自己呕心沥血、牺牲一切为小慢付出的单程车，却发现，最终成全的原来是我自己。是她让我的人生真正变得完整，让我成为了更好的自己。

如果说，朋友是陪伴的礼物、回忆是时间的礼物，那么，孩子就是给父母的礼物。在陪伴的过程中，他们让我们回归自己的童年，用纯净之心去创造、去发现、去感悟。

孩子出生，尽管带着基因、性格等先天差异，但共同之处是，他们都是一张白纸，父母的陪伴和引导将会是他们人生画卷的底色。这个作品，父母也许无法确保它的完美，但起码可以确保它带着爱的温度，传递出生命应有的力量。

尤其我们孩子这张白纸，先天脆弱，如果我们不能用心去画、用爱做裱，又何以支撑它去经受未来岁月的考验呢？

记得曾有一首《挑妈妈》的诗走红网络，戳中了无数人的泪腺：

你问我出生前在做什么
我答，我在天上挑妈妈
看见你了
觉得你特别好
想做你的儿子
又觉得自己可能没那个运气
没想到
第二天一早
我已经在你肚子里

小的时候，小慢也常常很甜蜜地对我说：“小天使们在天堂排队找妈妈的时候，我觉得妈妈最漂亮，所以，就飞到你肚子里了。”在受了批评，委屈未平的时候，她也会叨唠：“妈妈，我是选中你的小天使啊，你要爱我啊！”

如若我们在小天使飞来的时候没有保护好她，让她受了伤，只能成为一只小小的蜗牛慢慢地成长。那么，我们就要做她的翅膀，用最好的爱，赋予她更多的力量。

尽管未来我们仍面临重重困境，但它们已不再是现实和心灵不可逾越的障碍，我们已经可以与之和平共处、坦然接受，有信心按部就班地一点点去解决。

我们每一个人都会影响到另一个人，另一个人又会影响到下一个人。世界上充满了各式各样的故事，所有的故事都会连成一个故事；所有的生命都是相互关联的，就像河底的卵石，一个牵连一个。那么，就让这本书成为平安、温暖和正能量的管道，把这份力量传播下去吧。